書下ろし

情けの糸

取次屋栄三《えいざ》⑪

岡本さとる

祥伝社文庫

目次

向嶋
小梅村
柳島橋
妙見堂
松倉町
北十間川
源光寺
浅草寺
浅草奥山
大川橋
番場町
石原町
永井勘解由邸
本所
平右衛門町
回向院
亀沢町
柳橋
両国橋
入江町
竪川
横川
横十間川
六間堀
五間堀
富川町
小名木川
大川（隅田川）
浄心寺
深川
木場
永代橋
上野山
不忍池
池之端
神田明神
神田川
松田新兵衛宅
日本橋通南三丁目
日本橋
本材木町
呉服町「田辺屋」
越中殿橋
楓川
八丁堀
亀島町
京橋川
南町奉行所

『情けの糸』の舞台

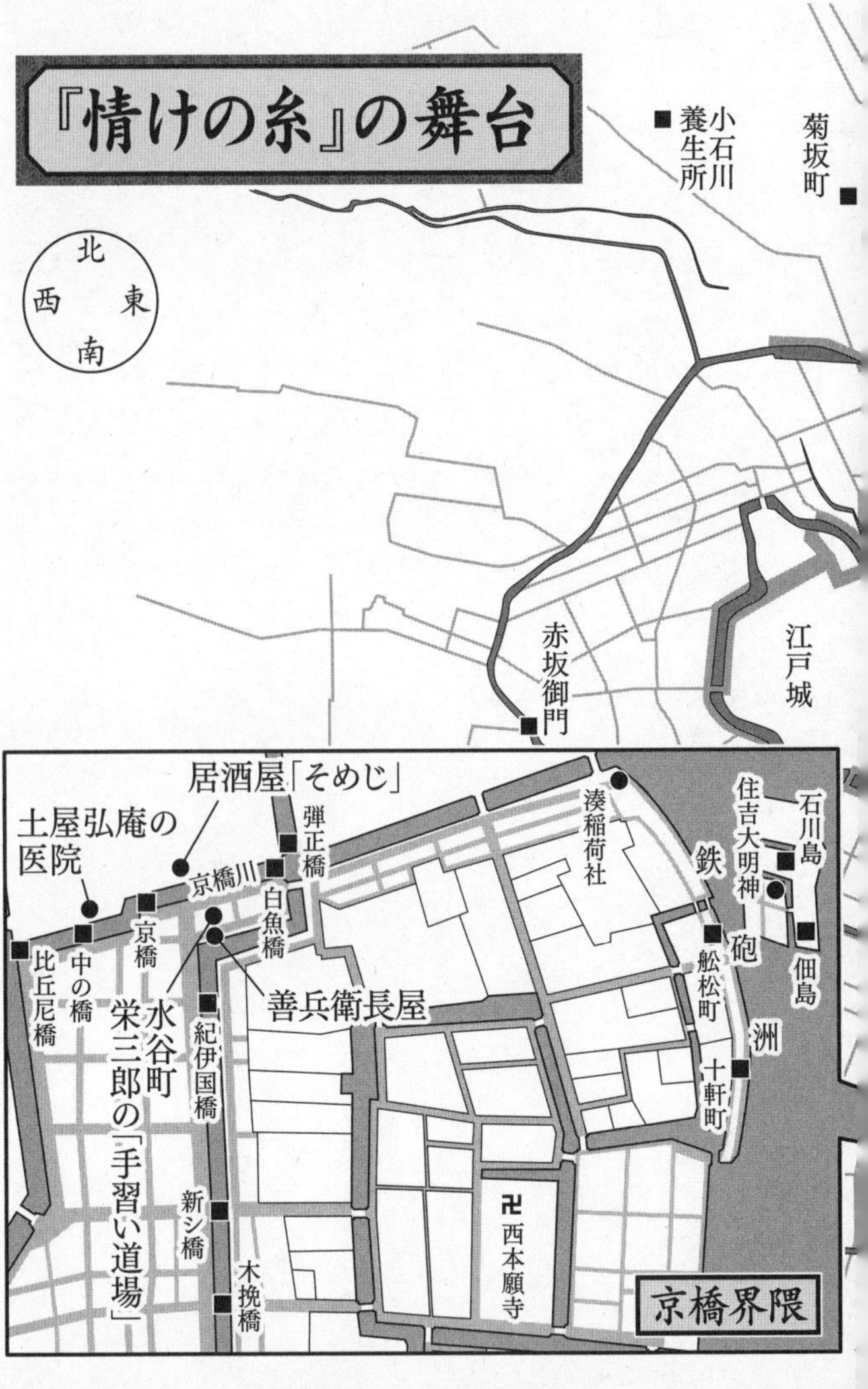

小石川養生所
菊坂町
北
東
西
南
赤坂御門
江戸城
居酒屋「そめじ」
土屋弘庵の医院
弾正橋
湊稲荷社
住吉大明神
石川島
京橋川
白魚橋
京橋
中の橋
比丘尼橋
鉄砲洲
佃島
船松町
十軒町
善兵衛長屋
水谷町
栄三郎の「手習い道場」
紀伊国橋
新シ橋
木挽橋
西本願寺
京橋界隈

第一話　親と子と猫

一

道場には小さな剣士たちが十人ばかりいて、元気な掛け声をあげていた。

その中にあって、とりわけ動きが敏捷《びんしょう》で、竹刀捌《しないさば》きも巧《たく》みな一人の少年の姿を、先ほどから秋月栄三郎《あきづきえいざぶろう》は満面に笑みを湛《たた》えながら目で追っている。

「う～む、子供というものは、少し見ぬ間にまた大きくなるものだ……」

暦《こよみ》の上では冬となったが、神無月《かんなづき》の陽光は燦々《さんさん》として武者窓から道場へと降り注ぎ、少年の動きをいっそう光り輝かせていた。

今、栄三郎は、中西派一刀流《なかにしはいっとうりゅう》剣術指南・栗原孝之助《くりはらこうのすけ》の剣術道場にいて、見所《けんじょ》の端で少年たちの稽古《けいこ》を眺めている。

栗原孝之助は齢《よわい》四十――中西派一刀流の免許皆伝を得た後、気楽流《きらく》・岸裏伝兵衛《きしうらでんべえ》に数度、教えを請《こ》うたことがあり、伝兵衛の内弟子であった秋月栄三郎とは旧知の間柄であった。

それが、二年前にここ八丁堀《はっちょうぼり》・亀島町《かめしま》に己《おの》が道場を開いたと聞き、栄三郎は指導力に定評のある孝之助に、一人の与力の息子を教えてやってくれるように頼んだ。

それが件《くだん》の少年で、栄三郎は久しぶりに彼が剣術稽古をする様子を見て、溜息《ためいき》を洩《も》らしているのである。

少年は、南町奉行所与力・鮫島文蔵《さめじまぶんぞう》の息子・千吉《せんきち》であった。

千吉は文蔵の養子である。

そして、四十になっても妻・夏江《なつえ》との間に子を生《な》せぬ文蔵から、

「市中にこれぞという子供がいれば、これを我が養子にしたいと思うておるのだが……」

と、相談を持ちかけられて、この千吉を薦《すす》めたのが他ならぬ秋月栄三郎であったのだ。

京橋水谷町《きょうばしみずたにちょう》で、子供たちに手習いを、その親たちに剣術を教える傍《かたわ》ら、武家と町人の間を繋《つな》ぐ〝取次屋〟の看板を掲《かか》げる栄三郎の、〝人を見る目の確かさ〟の評判を聞き及び養子探しを頼んだ文蔵は、妻・夏江と共に千吉を大いに気に入った。それは、

「千の倉より子は宝だ……」

と、文蔵をして言わしめたほどのものであったが、栄三郎は栄三郎で、

「よくぞ養子になされたものだ……」

と今でもつくづくと思っている。

何といっても、千吉は素町人の息子で、十歳で孤児となってからは己《おのれ》の才覚ひとつで四つ離れた妹のおはるを養《やしな》い、〝銀色長屋《ぎんいろ》〟と呼ばれる、銀色の筋を残すなめくじだらけの裏長屋で暮らしていたのであるから。

それでも、貧しい中、明るさと向上心を失わず、栄三郎の手習いをそっと覗《のぞ》き見て学問に励んだり、木屑《きくず》を拾い銭《ぜに》に換えたり、米問屋の米蔵の前を掃除して、土に埋もれた米粒を拾い集めたり……。

千吉には大人も驚く機智が備わっていた。その上に、町の悪童の苛《いじ》めに屈せず、これを叩《たた》きのめす腕《うで》っ節《ぷし》の強さ、正義感——どれをとっても、

「このような子が将来役人になってくれたらどれほどよいであろうか」

と思わせるものがあり、栄三郎はその名を持ち出さぬわけにはいかなかった。

しかし、不浄役人と言われ、御目見得以下の身分とはいえ、二百石《こく》取りの幕臣である与力の養子である。身分違いのところから縁組をすることなどまず許されない武家社会の中で、

「元より町与力というものは、〝一代抱え〟だ。己が役目を継《つ》がせるのは、何よりも世情をよく知る町の者であるべきだ……」

という意志を貫《つらぬ》き通し、幼名も千吉のまま世継ぎとした鮫島文蔵は立派である。
そして、南町奉行・根岸《ねぎし》肥前守《ひぜんのかみ》の後押しを得るまでに至った千吉という逸材は、特筆すべきものであろう。

――あれから一年半か。すっかりと武家の子供になったものだ。

剣術に励む千吉を見ていると、栄三郎は何やら胸にこみ上げるものを覚えた。文蔵の相談を受け、剣術道場に通うなら栗原孝之助の許《もと》がよいと進言したものの、こうやって稽古場に顔を出すのは二度目であったからなおさらだ。

思えば千吉に会うこと自体が一年ぶりのことであった。

――今は立派な町与力の若だ。その昔を知る者が周りをうろうろしてはいけない。

栄三郎ならではの気遣《きづか》いであり、これが取次屋としての心得なのである。

だが先日、是非とも久しぶりに会ってやってもらいたいという鮫島文蔵の妻女・夏江からの要請があり、栗原道場を訪ねるに好い機会となったのだ。

実のところ、栄三郎は千吉の今の様子をこの目で見たくて堪《たま》らなかったのである。

千吉もまた栄三郎に会いたかったのであろう。稽古中に見所の端にいる栄三郎の姿を認めると、何度も何度も稽古場から笑顔を送ってきた。

そして、自分のあれからの成果を見てもらおうとばかりに大いに張り切った。

その姿が何ともいじらしくて、栄三郎の心の内をますますくすぐるのである。

栄三郎が訪ねてから一刻《いっとき》(約二時間)ばかりで稽古は終わった。

早速、稽古着を脱ぎ、身繕《みづくろ》いをして栄三郎の傍《そば》へと行きたい千吉であったが、なかなかそうはさせてもらえない。

「千殿……」

千吉の姿を捜《さが》して一人の老剣士が声をかけた。

この老人は谷喜右衛門《たにきえもん》といって、栗原孝之助の剣の師の兄弟子にあたる。

南町で与力を務めていたのだが、今は隠居の身で、この栗原道場が気に入って、時折子供たちに稽古をつけに来ているのである。

そして、千吉が大のお気に入りのようで、稽古中は熱心に千吉の相手をしてやり、あれこれ注意を与えていた。

「谷先生、ご教授ありがとうございました」

呼び止められて、千吉ははきはきと礼を言って頭を下げた。

「うむ、うむ、日に日に腕を上げておりますぞ」

谷は目を細めてたちまち好々爺《こうこうや》の面持《おもも》ちとなり、

「おもしろい問答を仕入れてきたのじゃ。受けて立つか」

いかにも楽しそうに問いかけた。

「はい、受けて立ちましょう」

千吉はにこりと笑ってこれに応《こた》えた。

どうやら谷老人は千吉が頓智《とんち》に長《た》けていることを聞き及び、時折問答を仕掛けることを楽しみにしているようだ。

「ふうむ……。しからば問うぞ」

谷は少し得意げな表情となって、

「いる時にはいらず、いらぬ時にいる……。これは何じゃ……？」

と、投げかけた。

「いる時にいらず……。いらぬ時にいる……。う～ん……」

千吉は頭を抱えて、しばし瞑想《めいそう》した。

「どうじゃ、どうじゃな。はッ、はッ、むつかしかろう……」

その間、谷はしてやったりの笑顔を千吉に向けている。

「わかりました！」

やがて千吉は勢いよく顔をあげた。

「うむ！　何じゃ」

そして勢いこむ谷に、

「風呂の蓋《ふた》にござりましょう」

と静かに答えた。

「はッ、はッ、はッ、見事じゃ！　まったくおぬしの知恵には感服をいたす。町与力にはそういう当意即妙《とういそくみょう》が何よりも大事。剣とともに励まれよ」

谷喜右衛門は温かな言葉を千吉にかけると、嬉々として道場を後にした。

千吉は見所で待つ栄三郎に、照れ笑いを浮かべて頷《うなず》いた。

「ここでもこんなことをやっているのですよう……」

そんな、少しばかり生意気で大人びた声が、その表情から聞こえてくる。

一年半前は、町角の鰻《うなぎ》の辻売りの親爺《おやじ》からよく頓智問答を挑まれ、これに勝利しては鰻の串の馳走《ちそう》に与《あずか》っていたことを、栄三郎はよく知っているからである。

そういえば、あの辻売りの親爺も今の谷喜右衛門のように、問答に敗れてなお楽しくて仕方がないといった表情をしていた。

あの日の思い出を共有する秋月栄三郎に、千吉はさぞかし会いたかったことであろう。

――もう少し早く会って、あれこれ話を聞いてやればよかったかもしれぬ。

そんなことを思いつつ、いよいよ千吉に声をかけようとする栄三郎であったが、ここでもまた邪魔が入った。

「おい、千吉……」

千吉と同じ歳《とし》くらいの少年剣士が、少しばかり威丈高《いたけだか》に声をかけてきたのである。

「これは庄之助《しょうのすけ》さん、先ほどは稽古をちょうだいして、ありがとうございました」

千吉はこれに対して丁寧《ていねい》に返した。

「ふん、稽古くらいいつでもつけてやるが、調子にのるんじゃないぞ」

庄之助という少年はさらに見下すようにして言った。

――嫌なガキだ。

栄三郎は、庄之助を連れ出してポカリと殴《なぐ》ってやりたい気がした。

庄之助は数人の取り巻きを連れていて、日頃から千吉が怒らぬのを幸いに、あれこれ仕掛けてくるのであろう。栄三郎はこのような平気で弱い者を苛める悪童が何よりも嫌いなのである。

「何か気に入らないことをいたしましたか……」

しかし、千吉は相変わらず丁寧な口調で返し、穏《おだ》やかな表情を崩さない。

「そういうことではない」

真正面から堂々たる姿勢で千吉に頬笑《ほほえ》まれて庄之助は少したじろいだが、すぐにまた睨《にら》みつけるような様子となって、

「今日の稽古でお前がおれに入れた技は、おれがわざと打たせてやったということを忘れるなと言っているのだ」

「ああ、そのことですか。わかっております。一本ばかり譲っていただいて、ありがたかったですよ」

「わかっているならいい。他所《よそ》でよけいなことを言うなよ……」

それだけ言い置くと、庄之助は取り巻きを引き連れて道場を立ち去った。

——なんて奴だ。

栄三郎はまた向《むか》っ腹《ぱら》を立てたが、千吉はというと、やれやれといった表情を一瞬浮かべたものの、すぐにまたおどけたような顔を栄三郎に向けて、すすっと近寄ってきた。

「先生、お久しぶりでございます……」

物言いはあれからまた随分《ずいぶん》と大人びたが、小猿のような愛敬《あいきょう》のある笑い顔は変わらない。

「こっちの暮らしもあれこれ世渡りが大変だな……」

栄三郎はからかうように言ってやった。

「はい、大変でございます。でもまあ、あれこれ言ったら罰《ばち》があたりますよ……」

どこかの親爺のように溜息をつく様子も以前のままだ。

それがおかしくて大笑いする栄三郎に、

「先生、笑いごとではござりませぬぞ」

千吉、今度はしっかりとした武家言葉を投げかけた。

二

「何がわざと打たせてやっただ……。千さんの方が手加減をしてやったというところではなかったのか……」

秋月栄三郎はそう言うと、千吉のたくましくなってきた肩をぽんと叩いた。

「いえ、稽古でのことは、どうだっていいのです。大事なことは、実のある稽古ができたかどうかということです」

千吉は串団子を口いっぱいに頬張って、いかにも楽しそうな目を栄三郎に向けた。

「千さんはますます好い男になっていくねえ……」

栄三郎は、少し離れた床几《しょうぎ》に腰をかけ、静かに茶を飲んでいる老僕の左兵衛《さへえ》に言った。

「はい、それはもう……」

左兵衛は誇らしげに頷いた。

稽古が終わった千吉を、栄三郎は栗原道場にほど近い、橋木稲荷《いなり》に出ている掛茶屋に誘った。

あれから——千吉が稽古着から平服に着替える間に、栄三郎は栗原孝之助から件の生意気な〝庄之助〟のことについて訊《き》いた。

それによると、庄之助は町与力・水島九太夫《みずしまくだゆう》の息子であるそうな。

九太夫は、現在千吉の養父である鮫島文蔵と同じ南町奉行所の吟味方《ぎんみかた》にあって筆頭を務め、なかなかの切れ者と言われている。

それゆえに、その息子である庄之助は、素町人の出である千吉なにするものぞという想いが強いのであろう。

「同心衆の子たちを取り巻きにしているだけに、千吉も家来のように扱いたいのでござろうが、千吉がなかなか腕を上げてきましたゆえにいらいらとするのでござろう」

孝之助は栄三郎にそう耳打ちして、ニヤリと笑った。

千吉の剣の上達ぶりは栄三郎の目から見ても明らかである。

まだ、本格的に剣術の稽古を始めて一年半くらいだというのに、千吉は庄之助と互角に立合っていた。

切れ者・水島九太夫の跡を継ぐべき者としては、どうあってもそれを認めたくなくて、

「わざと打たせてやったことを忘れるな……」

などと、庄之助は釘《くぎ》を刺しに来たに決まっているのだ。

親が切れ者などと言われると、子はそれだけ大変なのであろうが、あんな馬鹿げたことをわざわざ言うことで、取り巻きどもに威厳を示そうなどとはやはりまだ子供である。

そこへいくと、千吉のどこまでも偉ぶらず、怒らず、泰然自若《たいぜんじじやく》とした様子はどうであろう。

千吉という〝宝〟を掘りおこした栄三郎はとにかく嬉《うれ》しくて、千吉があの生意気な水島庄之助を悪く言わぬなら、せめて自分がこき下ろしてお供の左兵衛と共に溜飲《りゆういん》を下げてやろうと思ったのである。

その気持ちは十分に左兵衛に伝わり、この人の好い老僕の細い顔を丸くさせてい

た。

左兵衛は鮫島家にて武家奉公をしているが、元は三度飛脚《さんどびきやく》・丹波屋《たんば》で下働きをしていた。

千吉は看板書きをしていた父親に死に別れ、八つの時に、丹波屋の主《あるじ》・茂左衛門《しげざえもん》にその利発さを見込まれて丁稚《でっち》奉公に上がった。

ここで千吉は茂左衛門の薫陶《くんとう》を受け知恵と才覚を開かせていくのだが、茂左衛門亡き後店を継いだ茂太郎《しげたろう》という倅《せがれ》は極道者《ごくどうもの》で、自分を認めなかった父親が手塩にかけた千吉が疎《うと》ましくなり、店から追い出したのである。

この時、幼い千吉を庇《かば》ったのが左兵衛で、彼もまたそのことで勘気を蒙《こうむ》り店から追い出されてしまった。

千吉はその後母親にも死に別れ、妹のおはるを育てながら左兵衛への恩も忘れず、体を病み落魄《らくはく》して深川十万坪《ふかがわじゅうまんつぼ》の掘立て小屋で暮らしていたこの老人を何くれとなく世話をしてきたのであった。

そのことを知った鮫島文蔵は、千吉を養子にするにあたり、妹のおはるを娘として、左兵衛を奉公人として引き取ったのである。

それからの左兵衛は体調もすっかりと好くなり、嬉々として鮫島家の下働きをこなし、新しい生活環境に置かれてなおも頑張る千吉を見守り、供などをこなしながら幸せな日々を過ごしていた。

そんな左兵衛のことであるから、彼もまた口には出さねど、水島庄之助の生意気で横暴な態度に心の底では怒りを覚えていたのであろう。秋月栄三郎が千吉贔屓《びいき》で庄之助をこき下ろす様子が楽しくて堪らないという表情を浮かべていたのであるが、茶を飲み終わると、

「表で待っております……」

畏《かしこ》まってみせて、掛茶屋を出た。

それが栄三郎だけに話したいこともあるだろうという、左兵衛の気遣いであることを十一歳の千吉はすぐに解して、

「すぐに行くよ……」

と労《いたわ》りの声をかけてから、しみじみとして栄三郎に向き直った。

「父上か母上から頼まれたのですか……」

「何をだい？」

「わたしに会ってやってくれと」

「頼まれたというほどのものではないよ。お母上と偶然、薬師堂《やくしどう》でお目にかかって

な。たまには会ってやってくれと言われたのだよ」

「そうだったのですか……」

千吉は少し探るような目で栄三郎を見た。

「ああ、お蔭で千さんに会うきっかけが出来たってもんだ」

栄三郎は頬笑んで見せたが、内心では千吉の洞察の鋭さに舌を巻いていた。

千吉の養母・夏江と薬師堂で偶然出会ったというのは咄嗟《とっさ》の方便であった。

その実、夏江は自ら京橋水谷町の〝手習い道場〟に栄三郎を訪ねてきたのである。

幕臣ではあるが御目見得でない町奉行所与力の妻は、本来〝御新造様《ごしんぞさま》〟と呼ばれるべきものであるが、町場で人気があり信頼されている町与力ゆえに〝奥様〟と呼ばれている。

そして、与力の〝奥様〟は、通常の武家の慣習では妻女が屋敷の玄関に出て来客に応対することなどないが、臨機応変《りんきおうへん》に対処することが求められる。

女とはいえ、屋敷の奥に引っ込んでいればよいという柔《やわ》なものではない。

それでも、わざわざ町へ出て取次屋を訪ねてくるというのは、夏江ならではの好奇心の強さと活発さが前へ出てのことであろう。

「ここが噂《うわさ》の手習い道場ですね」

夏江はまず手習い所兼剣術道場である板間を眺めるや、童女のように弾《はず》んだ声をあげたものだ。

齢四十になるが、挙措《きよそ》動作、表情までが瑞々《みずみず》しい。

「いつお訪ねくださるかと、千吉、おはる共々お待ち致しておりましたのに……」

夏江はにこやかに栄三郎を詰《なじ》った。

貧乏長屋に住んでいた千吉とおはるを知るだけに、与力の子となった二人に会うことを栄三郎が控えてきたことを、夏江はよくわかっていた。

しかし、養子となってまだ一年半ほどのことである。貧乏長屋に暮らしていた頃の話を千吉から聞くものの、夏江にはよく理解できないこともある。

聡明な千吉であるから、両親を気遣って聞かせてはいけないと、心の中に留《とど》めていることもあるだろう。

「まだ本当の親子に成り切れていないうちは、秋月先生に千吉とおはるとの間を、あれこれ取り次いでいただきとうございます……」

そして、夏江は栄三郎に真《まこと》の親子になるための取次を新たに頼んだのである。

というのも、夏江は、このところ千吉が養父母には言えぬ屈託を心の内に抱えているのではないか――そんな気がしていたのだ。

もちろん千吉のことであるから、そういう気配を鮫島家において見せることはいっさいないのだが、何か心に引っかかるものを、挙措動作の端々に感じるという。

「まあ、それがわかるということは、一年半分、私も母親になったということですが……」

夏江は妙なことを頼んで申し訳ないと言いつつ、朗《ほが》らかに胸を張って帰っていった。

そんなわけで栄三郎は早速栗原道場を覗いたのであるが、それが養父母どちらかの差し金ではなかったのかと、千吉はすぐに察したのである。

「何だっていいじゃねえか。千さんはおれに会いたくはなかったのかい」

栄三郎はことさらに町の言葉で千吉に話しかけた。

銀色長屋でおはるを養い自分の才覚ひとつで生きる千吉を、栄三郎は子供としてではなく一人の男として扱い接してきた。

それが千吉は嬉しくて、栄三郎に心を開いたのであった。

「会いたかったですよう……! 今日、道場で姿を見た時はどれほど嬉しかったことか……」

気持ちが通じたか、千吉の顔にまたあどけない笑顔が浮かんだ。

「千さんは、おれがお前を訪ねないのは、前のことは忘れて今の暮らしに早く慣れろ……。そういう願いがあってのことだとわかってくれていたのだな……」

「はい、そうだと思っていました」

「その秋月栄三郎が俄《にわか》に現れたから、頭の好いお前は誰かに頼まれたと思ったわけだな……」

「それは……」

「そういうものの考え方は余計なことだぞ」

「はい……」

「それに、ちょっとばかり小賢《こざか》しい」

「はい……」

栄三郎は手習い師匠であり、無類の人好きである。

たちまち当意即妙なることこの上ない鮫島千吉の心の内を解きほぐしていく。

「おまけに……。そんなことを言われると気にかかる」

「何がです？」

「鮫島の旦那《だんな》か奥様の差し金じゃあねえかって思ったってことは、千さん、何か心配をかけるような振舞をしてしまったんじゃあねえかと……、ちょいと気になっていたからだろう」

「う～ん……」

栄三郎ににこりと頬笑まれるともういけない。千吉は心の奥底に仕舞っておこうと思っていたことを素直に打ち明けずにはいられなくなっていた。

千吉は聡明な子供であるが、こましゃくれてはいない。

心を許せる者には子供の心で甘える術《すべ》も知っている。

「やっぱり先生には敵《かな》わないや」

「言え言え、言っちまえ」

「そんなら言います……。実は、ちょっと気になっていることがありましてね……」

「何だい、それは……」

「たまのことなんです……」

「たま？　千さんも隅《すみ》に置けねえな。好いのが出来たか……」

「違いますよ。たまというのは猫のことなんです」

「ああ、猫の名か……」

千吉の話によると——。

たまは、看板書きをしていた生みの父親が拾ってきた猫で、家族皆でかわいがっていた。

しかし、実父が死に、実母が死に、猫の世話どころではなくなった千吉は、亡父と親しかった則太郎《のりたろう》という植木屋にたまを託した。

則太郎は猫好きで、巣鴨《すがも》に住んでいた。鉄砲洲《てっぽうず》の北の銀色長屋に住んでいる千吉にとっては遠方なので、かえってたまとの別れがすっきりするし、託するに猫好きの男なら安心であった。

「すぐに一旗あげて、たまをもらいに行くからね……」

千吉は植木屋にそう告げて、たまを渡した。

その時、妹のおはるはたまとの別れを嘆《なげ》いてしくしく泣いたという。

無理もない。四つの時に父親を亡くし、六つの時に母親と死に別れたおはるにとっては、三度目の大きな別離であったのだ。

「おはる、泣くな。そのうち兄さんが、必ずまた、たまを返してもらいに行くから……」

千吉はおはるをそう言って慰《なぐさ》めたのだが、今もってそれは果せていなかった。

「そうか、千さんはおはる坊のために、その猫を返してもらいに行きたいのだな」

やはり子供は子供だ。猫のことで思い悩むとは――。

栄三郎はそれを養父母に切り出そうとしてなかなか言えない千吉と、そんな千吉を見て気を揉《も》む夏江の親心が何とも頬笑ましく思えて、

「千さん、いくら与力の家が二百俵《ぴょう》取りの大層な身分だからって、猫の格式まで問わねえよ。野良猫あがりだって構わねえから、お母上にお願いしてごらんな。むしろ喜んでくれるってもんだ」

と、千吉の肩をぽんと叩いた。

しかし、千吉は大きな溜息をついて、

「喜んではくれませんよ……」

「お母上は猫一匹のことでどうこう申されまい」

「いえ、きっとお困りになりますよ。何といっても、父上が大の猫嫌いなのですから」

「何だって……」

栄三郎はきょとんとして千吉を見た。

鮫島文蔵は誠実な武骨者で世に通っている、南町奉行・根岸肥前守お気に入りの与力である。

物静かな佇《たたず》まい、がっちりとした体軀《たいく》、ちょっとやそっとで物に怯《お》じぬ強い意志

──どう考えても猫が苦手な男には思えない。

「あの、鮫島文蔵旦那が、猫が嫌い……」

栄三郎の口許が思わず綻《ほころ》んだ。

「笑いごとではありませんよ……」

千吉はまた、どこかの親爺のように溜息をついた。

鮫島家に養子に入って一年が過ぎた頃──。

何事も飲み込みが早く要領のよい千吉は、日に日にしっかりとしてきた妹のおはると共に、すっかりと鮫島家の子として何を恥じることもないまでに成長した。

厳しさの中に優しさを湛えた父・文蔵。

優しさの中に湛えたおかしみで包んでくれる母・夏江。

四人は幸せを噛《か》みしめていた。

いよいよ猫の話を切り出していい頃だと千吉は思った。与力の養子となり劇的に暮らし向きが変わったとはいえ、自分のなすべきことをしっかりとこなしてから養父母には頼み事をするつもりの千吉であった。

そんな折──。

屋敷の庭で、こちらも武家屋敷勤めがすっかり板についた左兵衛が、鮫島家の小者

から、

「左兵衛さん、野良猫にはしっかりと目を光らせておいてくだせえよ……」

と、教えられている様子を見た。

これが気になって後で左兵衛に問うと、

「旦那様は、とにかく猫がお嫌いのようで……」

という答えが返ってきた。

だが、年長の奉公人ですら、文蔵の猫嫌いの真相ははっきりと知らないらしい。

まさしく、これから猫の話をしようと思っていた矢先に文蔵が猫嫌いであることを知り、さすがの千吉もたまの話を切り出せなくなったのだ。

「わたしは仕方がないと諦《あきら》めることはできます。しかし、それを楽しみにしていたおはるが何やらかわいそうで……」

おはるはいまだ養父の文蔵が大の猫嫌いであることを知らないでいるらしい。

「なるほど、千さんが悩むのも仕方がねえな……」

一通り話を聞いてみると、猫一匹のことなのであるが、当主が嫌いだとすれば容易に持ち出せる話ではない。

夏江に相談しようかとも思ったが、そんなことで夫婦の絆《きずな》にひびが入ってもいけないと千吉なりに考えたのだ。

「よくわかった……」

栄三郎は大きく頷いた。

たかが猫の話かもしれないが、男には譲れないこだわりというものがある。

ましてや四十を過ぎてなお、家人が野良猫の侵入に目を光らせているというのである。鮫島文蔵には何か猫についての深い謂《いわ》れがあるはずだ。

今、栄三郎はそれが知りたくて堪らなくなっている。

「承知仕《つかまつ》った。お母上殿には、一年半が過ぎたとはいえ、千吉殿にはまだまだ武家の暮らしに戸惑《とまど》うこともあるのでござろうとお伝え申そう。その上で、お父上殿の猫嫌いの真実を探ることと致そう」

栄三郎はことさらいかめしく、武家言葉となって千吉に畏まってみせた。

「委細、何卒《なにとぞ》よしなに願いまする……」

千吉はこれに応えて威儀を正した。

その途端、生意気で愛敬があった小猿のような千吉は、たちまち武家の子息に戻った。

三

ハァ、京に京に流行《はや》る
起き上がり小法師《こぼし》 やよ
殿だに見れば
つい転ぶ つい転ぶ
合点《がってん》か 合点じゃ
合点 合点 合点じゃ

調子外れの小謡《こうたい》〝起き上がり小法師〟が、塀《へい》の向こうから聞こえてきた。

声は寂《さ》びていてなかなか悪くはないのだが、小謡に自信がないのか、遠慮気味に謡《うた》うゆえに、どうもうまくいかないのであろう。

「ふッ、ふッ、だが、これはこれで味があって好いものだ……」

秋月栄三郎は呟《つぶや》いた。

彼は今、八丁堀組屋敷街の北東に位置する臨時廻《りんじまわ》り方《かた》同心・中沢信一郎《なかざわしんいちろう》の屋敷の表にいる。

中沢は屋敷内の地所に貸家を建て、狂言師《きようげんし》を住まわせていた。

八丁堀の同心屋敷は百坪ばかりで、この中沢のように自《みずか》らは奥の方に三十坪ばかりの家屋を建てここに住み、表通りに面した所を医者、学者、諸芸の師に貸している者が多い。

これは公儀公認で、文化、学術の士を一所に集めておこうという工夫でもあるのだが、なかなかに気が利《き》いている。

殺伐《さつばつ》としがちな組屋敷街もこのように、歩けば謡《うたい》や鼓《つづみ》のひとつ聞こえてこようというものだ。

そして、この中沢屋敷の貸家で〝起き上がり小法師〟を狂言師に習っているのは、南町奉行所吟味方与力・鮫島文蔵である。

そもそもが武骨者で、芸事のひとつできなかった文蔵に、

「町の者にも大名家にもかかわる与力が、まったくもって無芸というのもいただけぬのう……」

と、小謡、小舞を勧めたのは奉行・根岸肥前守であった。

仕舞、謡曲よりも剽《ひよう》げていて、生真面目《きまじめ》さがかえっておかしみのある文蔵には似合

っているというのだ。

ちょうど中沢信一郎の屋敷には狂言師が住んでいる。

おまけに、中沢の屋敷は北の端にあり、その外には空地《あきち》が広がっているから芸事を習う気恥ずかしさも和《やわ》らぐであろう——。

そこまで配慮をもらっては、文蔵も、

「畏まりました。仰《おお》せとなれば、まず習《なろ》うてみようと存じまする……」

と応えるしかなく、この二年の間、時折中沢の屋敷に通っているというわけだ。

秋月栄三郎は鮫島文蔵が稽古に通っていることは知っていたし、同心の中沢信一郎とも何度か顔を合わせていて心安かったので、

「中沢の旦那の御屋敷の前を通ったら、鮫島の旦那のお声が聞こえてきたので、何やらお訪ねせずにはいられなくなりまして……」

などと言って、文蔵と会うきっかけを摑《つか》もうと思っていた。

文蔵の妻女・夏江の訪問を受けて、栗原道場で千吉に会ったのが三日前のこと。

いきなり鮫島家の屋敷へ文蔵を訪ねるのも憚《はばか》られたし、栄三郎は習い事に出るところを狙《ねら》おうと思ったのである。

「訪ねるのはよしにしよう……」

栄三郎は傍らにいる、取次屋の番頭にして剣の内弟子・雨森又平《あまもりまたへい》に言った。

又平、今日は御組屋敷街を歩くからか、武家奉公人のような姿をしていて、なぜかその懐《ふところ》は大きく膨《ふく》らんでいる。

「それがよろしいようで……」

又平はふっと笑った。

小舞、小謡がいかなるものかは知らぬ又平とて、文蔵が謡うそれが調子外れであることはわかるようだ。

外で旦那のお声を聞いて――などと言えば、さぞ決まりが悪かろうと、栄三郎、又平共に思ったのである。

「ここはひとつ、たまたま道を歩いていたら行き合ったという体《てい》にしておこうか……」

話すうちに、塀の向こうから聞こえていた小謡が止《や》んだ。

ありがたいことにちょうど稽古が終わったようだ。

栄三郎と又平は目配せをして、いったんその場から離れた。

鮫島文蔵はどんな時でも身だしなみや姿勢はしっかりとしていて、その佇まいが緩《ゆる》むことはない。

「合点か、合点じゃ。合点、合点、合点じゃ……。うむ、むつかしい……」

小謡のおさらいをしながら中沢屋敷を出た文蔵は、少しばかり顔をしかめつつ、小者を従えて歩き出した。

組屋敷の庭に枇杷《びわ》の花が咲いている。

「ほう……」

文蔵は思わず立ち止まった。

子供のいなかった頃は、道端に花が咲いていようがさして気にもならなかった。

しかし今は、この花の名を問われたら教えてやらねばならぬ子が二人いる。

「そういえば、枇杷は今頃咲くのであったかな……。これをこの月見られぬとは、神々も気の毒なものよの……」

身に小さな幸せを噛みしめて歩き出したところで、曲がり角から歩いてきた秋月栄三郎と行き合った。

「おう、これは栄三《えいざ》殿……」

「やはり鮫島様でございましたか。近くに所用がございまして、その帰りでございます……」

「そうでござったか……」

「今日は非番だと千殿からお聞きしておりましたゆえ、もしかして会えるのではないかと思うておりました」

「聞きましたぞ、栗原先生の稽古場に顔を出してくだされたとか」

「はい。しばらくはそっとしておくつもりでおりましたが、そろそろ強くなった頃かと思うと、どうしても見てみとうなりました」

「栄三殿の目から見ていかがでござったかな」

「上達のほど著《いちじる》しいものがござりました」

「うむうむ、まあなかなかのものではないかと栗原先生にも言われているようでござるが……、栄三殿も左様《さよう》に思うてくだされたか。うむ、それはよかった……」

千吉の話になるとたちまち得意満面となり、文蔵はなかなかの親馬鹿ぶりを見せた。

「栄三殿と会うのも久方ぶりでござるな……」

枇杷の木の下で話は弾み、文蔵はさらに親馬鹿ぶりを楽しみたくなり、栄三郎を南茅場町《みなみかやばちょう》の料理屋へと誘った。

「ならば御供を仕りましょう」

栄三郎が一緒ゆえに、文蔵はひとまず小者を屋敷に帰して、心おきなく息子自慢をしようと肩を並べて歩き出した。

しかし、空地の傍らに建つ廃屋にさしかかった時であった。

文蔵の至福の一時《ひととき》を邪魔するかのように、朽《く》ちかけた板塀の向こうから突然のごとく、

「ギャアッ！」

と不気味な鳴き声と共に、二人の方を目がけて一匹の猫がとび出してきた。

「うわァッ！」

猫の方が卒倒するかのような叫び声をあげてその場をとび下がったのは、鮫島文蔵であった。

猫はすぐに姿をくらましたが、栄三郎はしばし唖然《あぜん》として、その場に立ち竦《すく》んでいる鮫島文蔵をまじまじと見ていた。

文蔵は放心したように太い息を吐いている。

猫嫌いだとは聞いたが、これほどのものであったとは――。

栄三郎は、ちょっとばかりやり過ぎてしまったと反省した。

俄な猫の登場は栄三郎の差し金であったのだ。

鮫島文蔵が何ゆえに、いかにして猫が苦手になったか聞き出すきっかけが摑みたくて、よきところで野良猫を放つよう又平に命じていたのである。

おそらく今廃屋の塀の向こうに身を潜《ひそ》めている又平自身も、随分と驚いていることであろう。

ともかく――供の小者を先に帰していたことと、文蔵の化け猫のごとき叫び声がちょうど人気《ひとけ》がなく誰にも聞かれていなかったことは幸いであった。

文蔵はやがて我に返ると、真に極《き》まり悪そうな表情となり栄三郎に頰笑んだ。

「某《それがし》は、どうも猫が苦手でござってな……」

「誰でも苦手なものはござりまする。わたしは長いものが苦手です……」

「蛇やみみずが……」

「見れば卒倒します」

栄三郎は大袈裟《おおげさ》に応えて文蔵の心を解きほぐした。

「泣く子も黙る町与力が、猫が苦手というからには何か理由《わけ》があるはず。それをお聞きしとうござりまするな」

「はッ、はッ、ならば酒の肴《さかな》にお話し致そうか……」

「一段とようござる」

このような場を見られてしまったからには、何もかも話してしまった方がすっきりとする。しかも、話す相手は秋月栄三郎だ。おもしろおかしく話すうちに、猫への恐怖もなくなるかもしれない——。

文蔵は、息子自慢をするどころか猫の思い出話をすることになってしまったことを心の内で嘆きつつ、栄三郎を薬師堂にほど近い〝なるせ〟という料理屋へと誘ったのである。

その店は小体《こてい》で間口は一間《けん》半（約二・七メートル）ほどしかないが、二階の座敷が鮫島文蔵の用部屋のごとき趣《おもむき》で、秘事を話すにはちょうどよい六畳間であった。

店の女将《おかみ》も心得たもので、すぐに煮しめと酒を用意すると二人の前から下がった。

里芋《さといも》、ごぼう、こんにゃく、にんじん、しいたけ……。辛すぎることも甘すぎることもなく、煮しめの味は絶品であったが、鮫島文蔵はほとんどそれに手をつけることもなく、しばし酒ばかりを飲んでから、

「いや、実に下らぬ話なのでござるよ……」

ぽつりと言った。

「下らぬ話などござりませぬよ。人が聞けばおかしなことでも、当人にとっては随分と深刻なことなのです……」

すかさず栄三郎は目に力を込めて文蔵を見た。

「うむ。その通りでござるな……」

文蔵は栄三郎の言葉に力が湧《わ》き、酒の酔いも相俟《あいま》って滑《なめ》らかな口調となった。

「実は某、今の千吉くらいの頃に、ひどい目に遭《あ》ったのでござるよ……」

「猫に、ひどい目に……」

「左様、某の父は猫好きでござってな。湯に入る時も猫を連れていた……」

「ほう、風呂に猫を？　猫は嫌がりませなんだか」

「初めのうちは嫌がっていたようなのだが、そのうちにすっかり風呂好きになってしもうたのでござる……」

いつしか猫は、文蔵の父親が風呂場へ向かうと、喜んでついていくようになったという。

それが、ある日のこと……。

文蔵が庭で父から剣術の手ほどきを受けた。

ちょうど今の千吉と同じように、文蔵は剣術道場に通っていて、なかなか筋が好いと父を喜ばせていたから、

「たまには父が稽古をつけてやろう」

ということになったのだ。

文蔵は父を唸《うな》らせるだけの剣技を見せた。

「親父《おやじ》殿は某の成長を大いに喜んで、よくやった、ようし風呂に入るぞと、某を連れて風呂場へと入ったのでござる」

「なるほど、久しぶりに男同士、風呂へ入り、汗を洗い落としたかったのでしょうな」

「ところがこれがいけなかった……。猫が某に悋気《りんき》をおこしましてな……」

「そうか……。いつも風呂に入れてもらっているのに、今日は声がかからぬゆえに怒ったのでござりまするな」

「左様、某はまだ子供であったゆえ、猫も大したことのない奴だと侮《あなど》ったのでござろう……。毛を逆立てて風呂場へ駆けてきたかと思うと某の……。その……、男の玉を、ギャッとばかりに……」

「引っ掻《か》いたのでござりまするか……」

「左様……」

文蔵は忌々《いまいま》しそうに嘆息した。

猫の爪《つめ》は鋭く、子供の頃の文蔵のそこは柔らかく傷つきやすかった。

「それはさぞ痛かったことでございましょう」

栄三郎は首を竦めた。

「痛いというものではなかった……。某はとび上がって不覚にも泣いた……」

猫は文蔵の股の下から狙ったので、文蔵は男の玉の裏側に大きな傷を受けた。

おまけに、その傷口は化膿して完治するまでが長引いた。男の玉の裏側は繊細な皮の造りになっていて、ここに傷がつくとなかなか治りにくいのだ。

「何よりも困ったのは、その三日後に剣術道場で大きな仕合があったのでござる……」

仕合は特に剣技優秀な子弟が選抜されてとり行われるもので、その道場には八丁堀の役人の子弟が多く通っていたから、次代の与力、同心の有望株を見ようと、奉行自らが足を運んだほどの大きなものとなった。

「それはいけませぬな。股の裏がずきずきと痛むと、気になって満足な動きができぬものです」

「栄三殿ならばわかってくださろう。とは申せ、猫に男の玉を搔かれたゆえ、仕合に出られぬとは口が裂けても言えぬ」

「さもありましょうな」

少年の文蔵は褌《ふんどし》に柔らかい布を当てて何とか仕合に臨《のぞ》んだが、いつもの俊敏な動きは鳴りをひそめ、初戦は勝ったもののここ一番で精彩を欠き、負けたくない相手に惨敗《ざんぱい》を喫して仕合を終えたのである。

この時の敗北感はしばらく鮫島文蔵の成長を止めた。

今では南町奉行・根岸肥前守からの信任が厚く、先頃からは与力職でも花形といえる吟味方に起用されている鮫島文蔵であるが、あの猫さえいなければ今ごろは重職を歴任していたと思われる。

ともあれ――。

文蔵の父は、

「猫に股を掻かれるとは不心得者じゃ」

と、息子の不覚を叱《しか》りながらも、猫に風呂の味を覚えさせた我が身の振舞が優秀な文蔵の芽を摘《つ》むことになったと反省し、この猫を遠くへ放逐《ほうちく》し、家人には理由を告げぬまま、

「この後、我が屋敷に猫の影が見えたならばこれを追い払え」

と遺命してこの世を去った。

そして文蔵の猫嫌いは今も続いているのだ。

「まあ、たかが猫一匹に気が引けるとは真に情けないが……。やはりあの日の恥辱が思い出されていかぬのでござるよ」

「左様でござりましたか……」

栄三郎は考え込んでしまった。

先ほど文蔵が武骨な体を折り曲げるようにして、〝うわァッ！〟と叫んだ気持ちがよくわかる。

文蔵もまた、栄三郎が自分の期待通りにいささか滑稽《こっけい》で笑ってしまってもおかしくない猫嫌いの理由を真摯《しんし》に受け止めてくれたと思い、心の内をすっきりとさせた。

己が悩みや秘事を打ち明ける相手は日頃の付き合いの長さや頻度《ひんど》で決めるべきものでないことを、文蔵は改めて思い知らされた。

しかし、栄三郎の沈黙はもっと複雑であった。

これだけの猫嫌いである文蔵に、何として千吉が人に預けている猫を飼いたくて、それを切り出せずに悩んでいると伝えられようか……。しかも、猫の名が〝たま〟とはあまりに皮肉な話である。

――今日のところは一旦引きあげるか。

この上は文蔵が猫好きにならずとも、何とか千吉とおはるが猫を飼うことを快《こころよ》く了承できるきっかけを見つけるしかないと思った。

——それには今しばし時がいる。

「この話を奥様には……」

栄三郎はとりあえず問うてみた。

「夏江には話し申した。あれが某との間に出来た子を二度流した折に、大層ふさぎこみましてな。それで某は、お前のせいではない、きっと某の男の玉が猫に傷つけられて、おかしなことになったのであろうと慰めたのでござる」

「それはお優しい……。して奥様は何と……」

「下らぬことを申されますな！　そう言って怒られた……」

「ふッ、ふッ、それは奥様らしい……」

「いかにも夏江らしい……。いまだに意味合いがわかっておらぬようなのだ……。はッ、はッ……」

「はッ、はッ、はッ……」

四

秋月栄三郎は次の日、また栗原道場へ出向いた。

そして千吉に、

「詳しいことはいつの日かお父上が話してくれるであろう。その楽しみを奪いとうはないゆえに今は言わぬが、やはりお父上は相当の猫嫌いのようだ」

その由《よし》を伝えた上で、しかしまだ諦めるのは早い。幸いにして千吉はまだ文蔵から猫嫌いであるとは聞かされていない。知らぬふりをして、猫を飼うことを切り出せばいいのだと告げた。

それを聞いて千吉は、父が嫌いなものを屋敷に入れるわけにはいかない、猫のことは忘れてしまうからよいのです、と栄三郎に言った。

千吉は、貧乏長屋に住んでいた自分たち兄妹を万難を排して養子に迎えてくれた、優しくて強くて、世の人のために尽くす鮫島文蔵を深く敬愛していたのである。

「千さんの心がけは立派だ。だが、たまは、お前たち兄妹にとっては肉親みたいなものなんだろう」

「でも、もういいのです……」

「いや、おれはあれこれ考えてみたんだが、まずはお父上が大喜びするようなことをしてのけよう。その褒美《ほうび》に猫を願い出れば、お父上の猫嫌いも収まると思うのだ」

「そうでしょうか」

「そうだよ。親ってものは馬鹿なもので、子供が人に誉《ほ》められるようなことをしてくれたら、もう天にも昇るような気分になって、嫌なことはみな忘れてしまうのさ」

栄三郎はとにかく任せておけと千吉を慰めたのである。鮫島文蔵が猫嫌いなら、これを必ず猫好きにしてやる——。栄三郎に妙な闘志が湧いていた。

「わたしが人に誉められることをすればよいのですね」

その時、千吉の目は一瞬輝いたのだが、またすぐに何を思いついたか黙りこくってしまったまま、

「今日はこれにて御免くださりませ……」

やがてぽつりと言って、屋敷へ戻っていった。

栄三郎はこの時の千吉の沈黙が何とも気にかかった。

それに、この日も栗原道場での稽古を眺めていると、千吉は件の水島庄之助と立合う時、どうも手を抜いているように見えたのである。

剣の実力においては千吉の方が明らかに強いはずなのに――。

「千吉、どうした。お前、手を抜いているのか。しっかりかかってこいよ……」

庄之助はこの日も帰りがけに、勝ち誇ったように千吉に声をかけていった。

千吉に打ち込まれれば、

「打たせてやったことを忘れるなよ……」

と言いに来る――、千吉が相手にしないとまたこのようにからかう――。真に面倒な奴である。

――千吉も遠慮せずに、あんな奴、叩きのめしてやればよいのだ。

庄之助への腹立たしさが、栄三郎の中で千吉への物足りなさに変わってきた。

しかし、道場師範の栗原孝之助にも同じような想いがあるようで、

「秋月殿、ちとよろしいかな……」

孝之助は、子供たちの稽古が終わり大人の門人がやって来るまでの間、自室で栄三郎を茶菓《さか》でもてなした。

「どうやら鮫島千吉は、お父上に気遣いをしているようなのですよ……」

孝之助は開口一番、栄三郎に言った。

「なるほど……。その気遣いとは、水島庄之助殿とのことでござりますな」

「いかにも……。このことは折を見て、某の口から千吉に伝えようと思うておりましたが、どうも秋月殿に託した方がよいと思われましてな……」

「それは嬉しゅうござる。実は、千吉は胸の奥に何か屈託を抱えているように見える、様子を見てやってくれぬかと、鮫島の奥様より言われておりましてな」

「そうでござったか。あの奥方はなかなかに人を見る目が鋭うござるゆえに、さすがの千吉も見破られ申したか……」

孝之助は相好《そうごう》を崩した。

何事にも恐ろしいほどに知恵が回る千吉にも、人に心の弱みを悟られるかわいさがあることに安心したのである。

その想いは栄三郎も同じで、孝之助の反応に自然と口許が綻んだ。

「近々、当稽古場において、子供たちの仕合を行うことになりましてな……」

孝之助の話によると、その仕合を提案してきたのは水島庄之助の父・九太夫であったそうな。

九太夫が子供の頃に通っていた町道場では幼い子弟同士の仕合が時に行われ、それが随分と励みになったというのだ。

それもそうだと思った孝之助はその勧めを受けたのであるが、仕合が近々とり行われると聞いてから庄之助の様子が一変した。

それまでは、千吉のことは相手にせず口も利かなかった庄之助が、何かというと千吉に絡《から》むようになったのである。

かつて町与力であった谷老人の話によると、どうやら九太夫は、子供の頃その仕合に勝ち抜いて、当時の奉行に賞されたようだ。その後、見習いを経て吟味方与力の筆頭となるまで、九太夫が順風満帆《じゅんぷうまんぱん》に歩んでこられたきっかけになったのがこの時の仕合で、息子の庄之助にも同じ道を作ってやりたいという親心が、孝之助への提言となって表れたようだ。

九太夫は、どうせ我が子・庄之助が完全に勝ち抜くことであろうと高を括《くく》っていたのだ。

現在吟味方で席を同じくする鮫島文蔵が利発な養子を迎えたことは聞き及んでいたが、素町人あがりがたかだか一年半ばかり稽古をしたところで庄之助の敵ではなかろう——。

ところが、この千吉は剣の筋もよく、一年半にして庄之助とは互角以上の稽古ができるまでになっていた。

これは庄之助にしてみれば真にやるせない事実で、

「たかが素町人の子供相手に、お前が不覚をとるはずがあるまい」

と、すでに勝った気でいる父の前でもし負けるようなことがあったらと考えると、身が震える思いであった。

「なるほど……。庄之助殿も、仕合の話を栗原先生に持ちかけた親父殿のことを、さぞかし恨《うら》んだことでござりましょうな……」

栄三郎は合点がいったと頷いた。

庄之助としては、千吉をあれこれ脅《おど》して自分に勝ちを譲るように持っていくしか道はないようだ。

「それが目についてきたゆえ、某も二度三度、窘《たしな》めたのでござるが、その時は殊勝に聞いてはいるものの、庄之助にとっても背に腹はかえられぬのでござろうな」

「千吉、言っておくがおれは吟味方筆頭与力の跡を継ぐ者だ。お前とはそもそも序列が違うのだ。負けるわけにはゆかぬのだ……」

庄之助はついに、
と、親の権威を持ち出した。

「当道場で稽古を致すに、親の序列などいかなるものではない。左様なことを口にすることは恥だと思うがよい！」

栗原孝之助はこれを叱りつけたが、もうすでに口にしたことは元に戻らない。

吟味方与力の序列が、父・文蔵よりも庄之助の父・九太夫の方が上位であるという事実をはっきりと認識させられた千吉ではあったが、それ以降も別段、庄之助に対する態度は変わらなかったものの、

「千吉は仕合の当日をどう迎えるか思い悩んでいるのではないかと、某は見ておりまする」

孝之助は唸るように言った。

「尋常に立合うか、それともお父上の鮫島様が役所でつつがのう勤められるように勝ちを譲るか、そのどちらかで悩んでいると……」

栄三郎の問いに、孝之助はゆっくりと頷いた。

「千吉はお父上に、まだ仕合のことを話しておらぬようです」

千吉の屈託は猫のことだけではなかったのだ。

猫のことだけなら、千吉とてうまくおはるを宥《なだ》めて自分なりに諦めをつけることもできようが、仕合のことはなかなか決心がつかないのであろう。

負ければ養父を悲しませる。しかし勝てば養父の勤めに支障をきたすことになるかもしれない。

どうせ自分は一年半前までは素町人の孤児であったのだ。負けたところで恥にもなるまい——。とはいえ千吉にも男としての矜持《きょうじ》がある。

その思いが幼い千吉の胸を締めつけているのであろう。これが猫のことと相俟って、千吉の体から屈託の色を発散《し》させていたことは明らかである。

「つまり、千吉はまだ武士の心になりきれておらぬということですな……」

栄三郎は苦笑いを浮かべた。

かつて飛脚屋の丹波屋茂左衛門が、

「あれは、ちょっと仕込めば、大した商人《あきんど》になるに違いない」

と言って二年ばかり商売の極意を教え込んだ。その時学んだ損得勘定が知らず知らず身にしみついて、四方が損のないように物事を運ぼうとする癖が千吉に出来てしまったのであろう。

今千吉が抱えている悩みは、十一歳の子供がする気遣いを超越していた。

「こんなことならいっそ、仕合は取り止めにした方がよいかとも思うております る」

栗原孝之助はいかにも誠実そうな表情を浮かべて、真っ直《ま》ぐ《す》に栄三郎を見た。

「いや、仕合をすることが悪いことだとは思いませぬ。それにこのまま取り止めれば、それはそれでまた面倒なことになるやもしれません」

「しかし、尋常なる勝負が行われてこその仕合でござる」

「栗原先生がそのようにお考えならご心配には及びませぬよ。わたしが必ずすっきりとした想いで仕合に臨めるように世話を焼いてみせましょう」

栄三郎は手習い師匠である。子供たちのちょっとした揉め事や、親同士に起こる確執などはいくらでも収めてきている。

これをうまく乗り切ることで、猫の一件も何とかしてやる――そんな想いが沸々《ふつふつ》と湧いてきた。

「よくぞ話してくださいましたな。まずお任せくださりませ」

栄三郎が胸を叩いた時であった。

「おう、そこ許は……、秋月殿か……。いや、歳をとると人の名がすぐに出てこぬ。許されよ……」

と、町与力の隠居・谷喜右衛門が拵《こしら》え場へ行かんとして孝之助の自室の前を通りかかり、栄三郎の姿を見かけ声をかけてきた。

「これは谷先生、ますます剣もお盛んで何よりにござりまする」

「忝《かたじけな》い。そこ許にそう言われると何やら元気が湧いてくる……」

栄三郎はいつものように老人を喜ばせたが、はたと気付いて――。

「そういえば、谷先生は昔、与力の水島九太夫様がまだ幼い頃に、剣術道場での仕合に勝ち抜かれたところを御覧になられたとか……」

と、今しがた孝之助から聞いた話を持ち出した。心に引っかかるものがあったからだ。

「ああ、その話か、随分と昔のことじゃ。その時のことがよほど嬉しかったのであろう。水島九太夫め、この栗原孝之助に仕合を開くことを勧めよったと申す」

谷老人は嬉々としてこれに応えた。

「さぞかし水島様は、子供の頃からお強かったのでございましょうな」

「いや、今は偉そうにしよって、いかにも自分が強かったようなことを申しておるが、この隠居が稽古をつけてやっていた頃は大したことはなかった。あの日の勝ちは、思いもかけず勝つべき者が不覚をとったゆえのことだ」

「その勝つべき者というのは、もしや鮫島様のことでは……」

「おうおう、いかにもその通りじゃ。よくご存じよの。鮫島文蔵……。あ奴が楽に勝つであろうと思うたものだが、なぜかその日に限って動きが重く、あっさりと負けた。文蔵はよく出来た男であるが、ここ一番という時に怪我《けが》をしたり、配下の者がしくじったりして不運続きでな。今思えば、あの仕合に負けてからがけちのつき始めであったような気が致すのう……」

何という因縁《いんねん》であろう――。

水島九太夫が出世の道を歩むきっかけとなった仕合こそ、鮫島文蔵が風呂場で猫に男の玉を掻かれ、それが原因で勝てるべき相手に不覚をとったと語った、あの屈辱の仕合であった。

「左様でございましたか……」

栄三郎の顔にたちまち赤味がさして、その口許が綻んだ。

「それにしても、水島九太夫も馬鹿なことを勧めに来たものじゃな。あの庄之助が仕合に勝ち抜けると思うているようじゃが、かえって恥をかくことになろう。馬鹿な話だ。切れ者とうたわれた水島九太夫も、倅のこととなるとまったく馬鹿じゃ……」

谷老人の饒舌《じょうぜつ》ぶりは止《とど》まるところを知らなかったが、今の栄三郎の耳にはまるで入らなかった。

五

八丁堀・亀島町にある栗原孝之助の剣術道場で、子供たちの仕合が行われたのは神無月の十三日のことであった。

この日は日蓮聖人《にちれんしょうにん》が入寂《にゅうじゃく》したという〝御命講《おめいこう》〟にあたり、町には人がよく出ていて、方々から団扇《うちわ》太鼓の響きが聞こえてきた。

仕合といっても栗原道場はさほど大きな稽古場でもなく、ごく内々のことであったのだが、水島九太夫は、

「この先の南町を担《にな》う子供たちの姿をしっかりと見ておきたい……」

と言って、わざわざ見物に訪れた。

しかも、南町奉行所の内与力を同道してきたので、道場にはたちまち緊張が漂《ただよ》って、ちょっと大層なものになった。

九太夫としては、今ひとつ自分の目から見て出来がよいとはいえない倅・庄之助に、少しでも箔《はく》をつけてやりたいという親心なのであろう。

本来ならば町奉行・根岸肥前守を連れてきたいところであったのだが、さすがに倅が通っている道場だけに自分の口からは言えず、それゆえに肥前守の家臣が充《あ》てられる内与力を同道したのである。

今日、庄之助が勝ち抜いたことは、この内与力を通じてすぐに肥前守の耳に入ることであろう。

仕合をするのは水島庄之助、鮫島千吉の他に同心の子弟が三人――。いずれも歳は十一、二で、栗原孝之助が選んだ剣技に秀《すぐ》れた五人であった。

仕合は総当たりにより一番勝利数の多い者を一等とする。

九太夫は庄之助の勝利を完全に信じて疑わず、足取りも軽く道場へやってきていた。

他の三人の親たちである同心も、役儀繁多というのに迷惑な話ではあるが、吟味方筆頭の水島が来るとあれば顔を出さぬわけにもいかず、見所の端に着座した。

「見に来たとて倅どもが負けるところを見せられるだけであるのに、馬鹿な話よの……」

元町与力の隠居・谷老人はこれを心の内で笑いつつ、自らは栗原孝之助の傍らに端座して終始にこやかであった。

この席に鮫島文蔵の姿はない。

しかし、文蔵が今日の仕合のことを聞かされていないわけでないことは、稽古場に控え仕合の開始を待っている千吉の、実に晴れ晴れとした表情を見ればわかる。

谷老人の口から、かつて子供の頃、水島九太夫と鮫島文蔵が仕合をして、なぜか文蔵が不覚をとったという話を聞いた秋月栄三郎は小躍《こおど》りをして、翌日鮫島文蔵の屋敷に夏江を訪ねた。

文蔵、千吉ともに屋敷を出ている隙《すき》をついての半刻《はんとき》(約一時間)もたたぬ間の面談で、夏江は大いに頷いて、その夜文蔵に、

「近頃、千吉の様子がどうもおかしゅうござりましたゆえ、秋月先生にその真意を確かめていただきました……」

真正面から話を切り出した。

「むッ、先だって栄三殿が栗原先生の稽古場に顔を出してくれたというは、そなたの差し金であったのか」

「はい。秋月先生は出しゃばったことはしたくないゆえ、落ち着くまでは千吉にもおはるにも会わずにおきましょうと申されていたゆえ、わたくしの方からお願いいたしました」

「なるほど、左様であったか……」

先日会った折、栄三郎はそのようなことはおくびにも出さなかった。それがいささか文蔵には不満であったが、夏江に頼まれたことはまず夏江に応える——文蔵が話した猫と男の玉の思い出は、それはそれで文蔵との間のこととして胸に収める——それが秋月栄三郎という男の信用できる点なのであろう。

文蔵はすぐにそう思い直して、

「それで、千吉には何か胸に秘めた屈託があったのか……。そのようには見えなんだが……」

それは夏江の思い過ごしではないのか、男にはいつも胸の内にひとつやふたつの屈託はあるものだと言ったのであるが、

「大ありでございましたよ……」

夏江にじっと見つめられてたじたじとなった。

「あなた様がいけないのでございますよ」

「何がいけないというのだ！」

「その大きなお声がでございます」

「大きな声で、おれが何を申したというのだ……」

文蔵は途端に声の調子を落とした。清廉潔白《せいれんけつぱく》にして正義の士である文蔵は、そもそも後ろめたいことがないゆえに声が大きい。だが、その大きな声でうっかりと余計なことを他人に聞かせてしまうことがあるのだ。

「あなた様が水島様への愚痴《ぐち》を申されたのを、千吉は聞いていたのでございます……」

「愚痴など申したか……」

文蔵の声はさらに小さくなった。

「申されました……」

文蔵は近頃になって吟味方に勤めるようになったのだが、ここでの筆頭は水島九太夫──あの因縁の相手であるだけに、どうも苦手意識が拭《ぬぐ》えずに、ついつい連絡や報告が疎《おろそ》かになりがちで、

「文蔵、子供の頃のお前はどうした……」

などと嫌味を言われる。

「水島は、お前が世に出てくるのが怖いのさ……」

奉行の根岸肥前守はそう言って文蔵を宥めるのだが、子供の頃のことを持ち出されては堪らない。

「水島九太夫め……。何かというとおれを目の敵《かたき》にしやがる……」

屋敷へ戻ってから何度か呟いた覚えがあった。そして文蔵の呟き声はあまりにも大きい。

「愚痴を言ったつもりではなかったのだが……」

「愚痴でなければあれは泣き言です……」

夏江の声は静かだが手厳しい。

それを聞いた千吉は、文蔵が水島九太夫の勘気を蒙ることがないように、その息子である庄之助を刺激せず、来《きた》る仕合で勝ちを譲るべきか否《いな》かで悩んでいたのに違いない——。

夏江は栄三郎からの報告に自分の見解を織り込み、千吉の屈託を文蔵に伝えたのであった。

「何と……、千吉がこの文蔵を気遣って、水島九太夫の倅に勝ちを譲ろうかと思っている！」

父を気遣う千吉の健気《けなげ》な想いに胸を打たれると共に、文蔵は道場で仕合が行われることを知って興奮した。

そういえば先日九太夫が、

「おぬしの息子はどうじゃ。剣術の腕は上がったか……」

などと言っていたのはこのことであったのだ——。

「すぐに千吉をこれへ呼べ！」

文蔵はすっかり頭に血が上って千吉を召すや、

「このたわけ者が！　父と子の間で下らぬ気遣いをするでない！」

と、今度は屋敷中に響き渡るような大音声《だいおんじよう》で千吉を叱りつけた。

千吉の気持ちは涙が出るほどにありがたい。

仕合の勝ち負けに思い悩むのは親である自分を慕ってくれているからこそ、子供離れした気の回し方をしてしまうのも聡明な千吉ならではのこと。

この上もなくよく出来た息子を、それでも叱らねばならない嬉しさに、文蔵は一人の馬鹿な親となり、涙声になっていた。

そして、千吉にとっても、このように文蔵に叱られることは堪らなく嬉しい。

いつのまにか自分の悩みが父母に知られていることに戸惑いはしたが、

「この父をみくびるではないぞ。水島九太夫何するものぞ。話を聞けば、その庄之助というあ奴の倅はとんでもない奴だ。思う存分叩きのめしてやるが好いぞ」

文蔵のこの言葉に、千吉は思わず力強くはいと答えていた。

「実はこの父は、お前くらいの頃、九太夫との仕合で不覚をとって悔しい想いをした。それゆえ何としてもお前に勝ってもらいたいのだ」

文蔵はたたみかけた。

するとその時、夏江が、

「勝てば父上は何でも望みを叶《かな》えてくださるそうですよ」

と千吉に言った。

こうなると文蔵も否とは言えず、

「ああ、何でも望みを叶えてやるゆえ申してみよ」

と、優しい父親の顔となった。

それでも文蔵が猫嫌いと知る上は、なかなかその望みを口に出せない千吉の様子を見てとった夏江が、

「よろしゅうございましたな。これで預けていた猫も引き取ることが叶い、おはるも大喜びすることでしょう」

と持ち出した。

「猫を引き取る？」

「はい。千吉とおはるは、あなた様に遠慮をしていたのですよ……」

さすがに文蔵は猫と聞いて鼻白《はなじろ》んだが、夏江はここぞとばかりに栄三郎から聞いた千吉のもうひとつの屈託を言い立てた。

千吉は、何もかも事情を呑《の》み込んでいる夏江の陰に秋月栄三郎の姿を見た。それは文蔵とて同じで、栄三郎は結局、この鮫島家の中で一番影響力を持つ夏江に下駄を預けたのである。

「あなた様も大の男なら、いつまでも猫に怯《おび》えていて何とします。子供の頃の嫌な思い出は、千吉が見事に吹きとばしてくれましょう。千吉が仕合に勝った暁《あかつき》には、その褒美に猫を当屋敷に迎えること、よろしゅうございますな」

そして夏江は栄三郎の期待通りに、かわいい息子の願いを巧みに夫の機嫌を見て切り出したのである。

文蔵はこう言われると返す言葉もなかった。

夏江が言うように、千吉が仕合に勝ってくれたならば猫の呪縛《じゅばく》からも解き放たれよう。そしてその一事が、これから先の自分の人生において何よりも大事なことであると思われたのである。

「おれは猫になど怯えてはおらぬ。千吉、何匹でも連れてくるがよいぞ。だが、ひとつだけ言っておく。くれぐれも風呂には入れるな」

文蔵はついにそう応えて、高らかに笑ったものだ。

「よろしゅうございましたね……」

夏江は、きょとんとしつつ文蔵に畏まる千吉に優しく声をかけると、

「猫の名はたまと申すそうでございますよ」

意味ありげに文蔵を見て、こちらもころころと笑った。

「たま……か。はッ、はッ、これはよい……」

「あなた様はいつか、夏江との間に子を生せなんだのは猫に玉を傷つけられたからかもしれぬと申されましたが、それならば猫を誉めてやらねばなりません。お蔭でこのような好い子を授かったのですから……」

「そうじゃな……、真にそうじゃ。はッ、はッ、お前は意味をわかっていたのか。はッ、はッ、一段とよい！」

　千吉は夫婦の会話についていけなかったが、

「必ずやわたしは勝ち抜いてみせます！」

　力強く勝利を約すると、妹のおはるを部屋へ訪ね、たまを近々この屋敷に連れ帰ると告げ、

「兄上！　嬉しゅうございます！」

　と、すっかり身についた武家言葉でおはるを大喜びさせたのであった。

　そして今――。

　栗原道場で、千吉は全身に闘志をみなぎらせている。

　その充実ぶりは誰の目にも明らかで、

「あれが鮫島の倅か……」

水島九太夫に、自分の息子はしっかりと仕合で勝てるのかと不安を与えていた。

一番不安を覚えているのは当の庄之助で、

「千吉、おれに勝とうなどと思い上がってはおるまいの……」

今日は道場につくや千吉に脅しをかけたが、

「勝ち負けはあとからついてくるものです」

ピシャリと返され、千吉の体から立ち昇る迫力に押されて二の句が継げなかったのだ。

「この鮫島文蔵に、倅が叩き伏せられる姿は見られとうはあるまい……」

鮫島文蔵はそれを気遣って、栗原道場での仕合の日が近づき水島九太夫から道場での見物を誘われた折も、御用繁多を理由に断ったのである。

「文蔵め、養子とは申せ、倅が負けるのは見とうないようじゃ」

それを九太夫は内心嘲笑《あざわら》ったのであるが、実際に千吉の姿を見て慌《あわ》て始めたのである。

「ふッ、ふッ、この鮫島文蔵の情けを知るがよいわ……」

この時文蔵は、微行《びこう》姿で編笠《あみがさ》に顔を隠し、道場の武者窓からそっと仕合の様子を窺《うかが》っていた。

「仕合が済めば、某が同道してたまをもらい受けに参りましょう」

文蔵の隣《となり》には同じく編笠を被《かぶ》った秋月栄三郎がいて、もう次の段取りを文蔵に語っていた。

「委細よしなに……」

「仕合はあっけなく終わりましょう」

「ふッ、ふッ、庄之助は焦《あせ》っているような……」

「以前も笠に顔を隠して、千吉のあとを二人してそっとつけましたな」

「左様でござった。あれから一年半がたったが、恥ずかしながら親子になるのに、まだ栄三殿の助けを借りねばならぬ……」

「親子の間には、時に他人が口を挟んだ方がよいこともあるものです」

「そのようなものかな……」

「はい。わたしも何度か親父殿に家を叩き出されて、近所の人が一緒に謝ってくれたものです……」

編笠の二人がそんなことを話すうちに、稽古場では谷老人が審判を務め、子供たちの仕合が次々に行われた。

秋月栄三郎の見立ての通り、一本勝負で行われた仕合はあっという間に進んでいった。

千吉はいずれの仕合も、始めの合図がかかるや堂々たる竹刀捌きで相手を圧倒し、庄之助をますます緊張させた。

そしていよいよ全勝同士の鮫島千吉と水島庄之助の一戦となったが、

「何をしておる！」

思わず九太夫が叫んだほど、庄之助の動きが鈍い。勝たねばならぬ重圧に押し潰《つぶ》されたのである。

それに比べて千吉は、ほとばしる闘志を前面に出して攻め続けることで庄之助を圧倒した。今まで父・文蔵のことを想い、ひたすら庄之助の無礼を堪えた分、その勢いは強い。

やがて――。

「えいッ！」

見事な気合が道場に響き渡ったかと思うと、千吉が繰《く》り出した竹刀はしっかりと庄之助の突垂《つきだれ》を諸手《もろて》で捉《とら》え、猛烈な突きを決めたのであった。

「な、何たること……」

がっくりとする水島九太夫は、突かれた勢いで道場の壁にぶつかり、ばったりと倒れた息子の姿を呆然《ぼうぜん》と眺めた。

「勝負あり！」

にこやかな表情の谷喜右衛門の掛け声が轟《とどろ》くと、千吉はちらりと武者窓の方に目をやってから、深々と見所に一礼した。

「よし……！　やったぞ……」

武者窓の外で興奮に声が上ずった栄三郎であったが、ふと見ると文蔵の姿がない。

「どうなされたのだ……」

その姿を捜すと、文蔵は道場の裏手の路地にいて、板塀に向かって荒い息を吐いていた。

「でかした……。でかしたぞ千吉……、何と見事な……。何と見事な息子であろう……」

文蔵は興奮が過ぎて、どうしてよいかわからなくなったようだ。

――見ろ、これがおれの息子だ。

叫びたい気持ちを抑えて、文蔵はしばし体を震わせ続けていた。どんな時でもどっしりとしてうろたえることのない鮫島文蔵は、またひとつ子を持つ興奮を知ったのである。

六

翌日――。

秋月栄三郎は鮫島千吉の供をして、巣鴨に住む植木屋・則太郎を訪ねた。

これには左兵衛もつき従ったが、皆一様に足取りは軽かった。

仕合を密《ひそ》かに覗き見た鮫島文蔵は何食わぬ顔をして奉行所に戻ったが、顔を合わせた水島九太夫は何やらしゅんとした様子で、文蔵に対して放っていた自信に満ちた物言いはすっかり影を潜めていたそうな。

近頃、奉行・根岸肥前守が文蔵を重用《ちょうよう》し始めたことに危機感を持った九太夫が、恰好《かっこう》をつけようとしてかえってしくじり、よほどこたえたというところであろう――。

文蔵は順風満帆にやってこられた者が四十を過ぎて何かにつまずくとかくも脆《もろ》いものかと思い知り、そう思うと、あの日自分に試練を与えてくれた猫に礼を言いたくなってきた。

何から何まで上機嫌な文蔵は、屋敷中の者を集めて千吉の勝利を祝い、

「明日からは、千吉とおはるがかわいがっていたたまという猫が来るゆえ、よろしく頼むぞ」

と宴《うたげ》の席で申し付け、家人たちを驚かせた。

祝宴には栄三郎も招かれ、その余韻《よいん》冷めやらぬ今日もまた楽しい一日になるはずであった。

しかし、巣鴨に則太郎を訪ねてみると、則太郎は千吉との再会に大喜びして、

「もう、気やすい口を利けませんや……」

今では立派な与力の息子の前に畏まってみせたのであるが、たまの話になると顔を伏せ、

「それが……、たまは一月《ひとつき》前に死んじまったんで……」

と言った。

「死んだ……」

栄三郎は左兵衛と二人、千吉を心配そうに見た。

しかし、千吉はある程度予想をしていたのであろうか、少しも騒がず、

「そうでしたか……」

寂しそうにぽつりと言うと、

「たまは苦しみましたか……」

と、問うた。

「いや、猫なんてものはどこかにいなくなっちまって、人知れず死ぬ奴も多いが……、たまはぽかぽかとした秋の日に、大きな桜の木の下で眠るように死んでおりやしたよ……。すぐにお知らせしようと思いながら、お前様も今はお偉いお方の子となったお身の上……。悲しむ姿も見たくはなくて……。申し訳ございません」

則太郎は、少しの間に武士の威厳を身に備えた千吉に恭《うやうや》しく頭を下げた。

「たまは幸せであったようです。忝《かたじけの》うござりました……」

千吉は丁重に礼を言うと、栄三郎と左兵衛に頷いて、元来た道を歩き出した。

「偉い、偉《えろ》うござるぞ千吉殿……」

栄三郎は一人の武士として千吉を称《たた》えた。

「生あるものは必ず死ぬ……。それを悲しんではいけない。命をまっとうしたことを喜んであげねばならない……」

千吉は恥ずかしそうに栄三郎に言った。

「好いことを言うねえ……」

「秋月先生のお言葉です」

「千吉殿にそんなことを申したかな」

「先生の手習いをそっと覗き見ていた時に……」

「そうか、そうであったな……。千吉殿はまったく感心な人だな」

「誉めてくださるのは嬉しゅうございますが、おはるにはたまが死んだことを伝えたくはありません……」

千吉は哀しそうに下を向いた。

まだおはるには、たまとの別れをそんな風に割り切って考えることはできまい。今度の千吉の剣術仕合においての勝利を、誰よりも喜んでくれたおはるであった……。

「そうだな。おはる坊はまだ幼いからなあ……」

栄三郎もおはるの話となると、知り合った頃のくだけた口調になった。

「そんなら千さん。おはる坊が色々な人の優しさってものがわかる歳頃になるまで、ちょいとうそをつくかい？」

「うそ……？」

「ああ、偽《いつわ》りは悪だが、うそは善だ……」

栄三郎はニヤリと笑った――。

そしてそれからが慌《あわただ》しい一日となった。

左兵衛は一足先に屋敷へ戻り、この〝うそ〟をそっと夏江に伝え、夏江はしばし顔を曇らせたまの死を悼《いた》んだが、やがて屋敷に戻った文蔵に栄三郎と千吉のおはるへの気遣いを伝えた。

果してその日。

栄三郎に伴《ともな》われて千吉が屋敷へ戻ってきた時は、すっかりと日が暮れていた。

しかし、千吉の腕の中には愛らしい猫がいて、兄の帰りを待ち侘《わ》びていたおはるを大いに喜ばせた。

「まあ、かわいらしいこと……」

「こうして見ると、なぜ猫が嫌いであったか不思議に思うな……」

夏江と文蔵は、千吉とおはるの亡父が拾ってきた野良猫をどこの猫よりも幸せにしてやろうと、千吉、おはるに頰笑んだものだ。

「たま……、達者で何よりでした……」

すっかりと言葉遣いにも気品が出てきたおはるは、しっかりとたまを抱きしめて頰ずりをした。

その姿に養父母を始め、栄三郎、千吉、左兵衛は胸を撫《な》で下ろした。

この猫がたまでないことは言うまでもない。

栄三郎が千吉に持ちかけた善なるうそは、たまの替え玉を作ることであった。

何といっても、おはるにしてみては幼い頃の記憶で二年ばかり前に別れたたまである。

似た猫を〝たま〟だと言えば信じるであろう。千吉の話ではたまは三毛猫《みけねこ》であったそうな。

栄三郎は又平を伴い、方々当たって猫を探したのである。

すると、呉服《ごふく》町の呉服店・田辺《たなべ》屋で、このところ店の男衆《おとこし》である勘太《かんた》、乙次《おとじ》、千三《せんぞう》――〝こんにゃく三兄弟〟が野良猫を飼い馴《な》らし始めたとの噂を聞いて、早速この猫を訪ねてみた。

「この猫ならたまによく似ています……」

千吉は見るや大いに気に入り、栄三郎は三兄弟に固く口止めをした上で、一両を与えてこれを買い取ったのであった。

「お前も与力の旦那の猫となるか、大変な出世だな……」

三兄弟はその馬鹿面《づら》に涙を浮かべて、二代目〝たま〟の誕生を喜んだのである。

だが、この二代目〝たま〟誕生には素晴らしいおまけがついていた。

栄三郎が千吉とおはるを鮫島家の養子に薦めたことを、つくづくと誇らしく思える日がやってきたのだ。

取次屋を始めて四年目になるが、時には危険を伴う〝やくざな仕事〟も人の役、世の中の役に立つことを思い知らされることがある。

それはおはるの成長ぶりをも目の当《ま》たりにして確かなものとなった。

その三日後のこと――。

栄三郎は、鮫島家の屋敷へ又平と共に招かれた。

その日文蔵は非番で、屋敷内の庭で〝たま〟と遊ぶ千吉とおはるの様子を見てやってもらいたいと言ってきたのだ。

親子四人が仲睦《むつ》まじく暮らしているところを見せて、改めて栄三郎に謝意を表したいという文蔵と夏江の気持ちであった。

調子にのって千吉、おはるの後見人面などする気もない。幸せになった幼い兄妹の姿を目に焼き付けた後は、またしばらくは二人に会わないつもりで、栄三郎は夫婦の招きを受けた。

その日は朝から暖かな光が降り注いでいて、屋敷の庭池をきらきらとさせていた。

おはるはもう〝たま〟に夢中で、何度も何度も、

「父上、母上、嬉しゅうございます……」

はきはきとした声で礼を言っては、文蔵と夏江の目をきらきらとさせた。

千吉は先代たまの死を心の底で悼みながらも、おはると一緒に猫と庭で戯《たわむ》れた。

栄三郎と又平は縁にいて、文蔵、夏江夫婦とにこやかに、しみじみとして兄妹を見ていたのであるが、

「申し上げます……。同心の前原《まえはら》様がお越しにござります」

そんなさ中、家士が報《しら》せに来た。

どうやら今日中に目を通しておきたい書類があり、届けてくれるよう係の同心である前原弥十郎《やじゆうろう》に頼んであったらしい。

「これへ通してくれ……」

文蔵は上機嫌で応えた。文蔵の親馬鹿ぶりは千吉が剣術道場で勝ち抜いて以来なかなかのものとなっていて、まだ子も持たぬのに子供について蘊蓄《うんちく》を語る弥十郎に千吉自慢をしたかったようだ。

しかしこの時――。栄三郎は何やら胸騒ぎを覚えた。これまで、神がかり的な間の悪さを発揮してきた弥十郎が、この幸せな鮫島家の団欒《だんらん》に登場してよいものであろうかと――。

そして見事に前原弥十郎はやって来てくれた。

弥十郎は通されるや書類を差し出して畏まり、

「これはお楽しみのところを、間の悪いことでござりました」

と、一通り挨拶《あいさつ》をして、栄三郎の姿を認めると、

「何だ、秋月先生もいたのかい……」

いかにも長年の知己《ちき》であるかのように振舞った。

さらに、千吉の前の仕合での活躍ぶりを称え、幼き頃につけた自信は人の一生を左右すると申しますから真によろしゅうござりましたと、いつもの蘊蓄をこともあろうに吟味方与力の前で述べたのである。が、ここまではよかった。

「おお、おはる殿は猫と遊んでおいでにて……、いや、某も猫好きでござってな……。どれ、少し見せてくださりませ……。うむ？　いや、これはいかなことじゃ。この猫はあつかましくも鮫島様の御屋敷へ入って参りましたか。いや、この猫は何を隠そう呉服問屋・田辺屋の男衆で、こんにゃく三兄弟という馬鹿が拾ってきた野良猫でござりまするな……。え……？　いや、間違いござらぬ。某は猫を見分けることには長けておりましてな。あの野良猫に違いござりませぬぞ。はい、言い切ってよろしゅうござりまする。御当家には似合わぬ猫でござれば、あまり相手になさらぬ方が……。何なら某が、こんにゃく三兄弟に返して参りましょうか？　はい、よろしゅう

ございまするか……。おはる殿、野良猫にはお気をつけられませい。はッ、はッ、はッ……」

一人悦に入って、言いたいことだけをべらべらとまくしたてるように話して帰っていったのである。

――おのれ、前原弥十郎めが。

文蔵の表情は火を噴《ふ》き出しそうに赤くなったが、おはるの前では怒ることもできず、はらはらとして猫を抱くおはるを見ていた。

栄三郎、又平、夏江、千吉……、皆一様にどう取り繕おうかと考えを巡らせていたが、

「おかしなことを言う方もいたものですね……」

元気いっぱいの声を出しておはるが笑った。

思わず見つめる一同に、おはるはあどけない目を向けて、

「この猫は〝たま〟ですよ。わたしは覚えております。この猫は〝たま〟です。誰が何と言っても、この猫は〝たま〟なのです……」

力強く言い切った。

――そうか、おはる坊は初めからわかっていたんだな。

栄三郎は唸った。さすがは千吉の妹である。

千吉の連れ帰った猫がたまではないとわかったが、それには何か理由《わけ》があるのであろう、そう思ったおはるは一言も問わずに、この猫を〝たま〟と思い定めたのである。

「兄上、〝たま〟とまた暮らすことができてよろしゅうございましたなあ。父上、母上、はるは嬉しゅうございます……。色んな人に構っていただいて、はるは幸せにございます……」

おはるはそう言ってまた無邪気にはしゃぐと、猫を抱きしめて栄三郎と又平に満面の笑みを向けた。

千吉だけではない。この一年半の間に、おはるもまた著しく好い娘に成長していたのである。

千吉はおはるに優しく頷き、大人たちは溢《あふ》れ出んとする涙を空を見つめて堪えた。

鮫島文蔵と夏江は秋月栄三郎に大きく頷いてみせた。

互いを想い合うあまり、いつしか出来てしまった親子の垣根《かきね》もほどなく取り払われることであろう。

その安心と感謝の想いが、栄三郎に向けられた目の奥に込められている。

「又平、大したこともしてねえが、好い仕事をしたな」

「へい、まったくで……」

栄三郎と又平が囁《ささや》き合った時――ごろごろと〝たま〟が喉《のど》を鳴らした。

第二話　ひとり芝居

一

料理屋を出るとすっかり日は暮れていたが、北の彼方《かなた》が赤く染まっていた。

「火事ですね……」

秋月栄三郎の傍《かたわ》らで又平が低く唸《うな》った。

この日は八丁堀に住む元南町奉行所の廻《まわ》り方同心・都筑助左衛門《つづきすけざえもん》に付き合って、まだ明るいうちから湊稲荷社《みなといなりしや》の南向かいにある料理屋〝みなと〟で一杯やっていた二人であった。

〝都筑の隠居〟は近頃実に元気で、方々へ出かけて仕入れた話を、栄三郎に聞いてもらいたくて堪《たま》らなくなったようである。

「こいつはなかなかでけえな……」

都筑の隠居は顔をしかめた。

「かえでが赤く色付くのは好いが、夜空が赤くなるってえのはいただけねえ……」

その上に火事というものは、なぜだか人の心を浮き立たせ、落ち着かなくするものだ。災いは焼け出された者だけに止《とど》まらず、喧嘩《けんか》や騒ぎに乗じた強盗が周囲で頻発《ひんぱつ》するかもしれぬと隠居は言う。

「真《まこと》に左様《さよう》で……」

栄三郎は神妙な面持《おもも》ちとなって、北の彼方を見つめた。その方角は本所《ほんじょ》の辺りではないかと思われた。

本所石原《いしわら》町の北方には、栄三郎が時折奥向きに勤める女中たちに武芸指南に出向いている、旗本三千石《ごく》・永井勘解由《ながいかげゆ》の屋敷がある。ここへ火が廻れば、栄三郎が創設に尽力した奥向きの武芸場も被災するかもしれぬではないか――。

何かと義理のある永井家のことである。難儀があれば駆けつけねばならぬ秋月栄三郎なのである。

そして、その義理を超えて栄三郎が何よりも心配に思うのは、永井家の婿《むこ》養子・房《ふさ》之助《のすけ》の実姉で、今や奥女中の束《たば》ねとなっている萩江《はぎえ》のことであった。

浪人の子供として生まれながら、その突出した学才を認められて永井家の婿養子にまで迎えられた房之助であるが、彼を世に出すために萩江は苦界《くがい》に身を沈め、一時その消息を絶った。

二年前の春先のこと――永井家から秘事を託され、見事にその萩江を見つけ出したのが〝取次屋〟秋月栄三郎で、以来栄三郎と萩江は互いに心を惹《ひ》かれ合っていた。

何といっても二人の間には、萩江が苦界にいた頃に、客と遊女として偶然にも一夜を馴染《なじ》んだ忘れられぬ思い出があった。

決して口外できない二人だけの秘事の存在が、栄三郎と萩江の間をさらなる感慨をもって繋《つな》いでいたのである。

栄三郎が本所の火事を見過ごしにできるはずはなかった。

やがて道行く人々の口から、

「火事は本所だって言うぜ……」

「本所のどこだい」

「番場《ばんば》町から荒井《あらい》町にかけて、随分《ずいぶん》と燃えているって話だ」

「風が出てなくてよかったな」

「まったくだ。さほど大きな火事にはならずにすみそうだな……」

などという言葉が聞こえてきた。

番場町、荒井町は、永井邸からまださらに北方にあるのだが、番場町はかつて剣の師である岸裏伝兵衛が道場を開いていた処《ところ》で、栄三郎はここで内弟子として十五年ばかり暮らしていたから何とも気になる。

その上に、少しばかり離れているとはいえ、ともすれば火は簡単に永井邸へ燃え移るであろう。

「又平、おれはちょいと出かけてくる……」

栄三郎はついに辛抱ができなくなり、都筑の隠居に深々と頭を下げるや、北へ指して駆け出したのであった。

本所に近付くに従って、町は慌《あわただ》しく行き交《か》う人たちでごった返し、駕籠《かご》や船を乗り継《つ》いでも石原町に着くのに一刻《いっとき》（約二時間）以上を要した。

通行人の噂《うわさ》通り、風が出なかったことで大火には至らずにすんだようである。

石原町の住人はすぐにでも逃げられるよう外へ出て成行きを見守っていたが、煙は立ち込めていても火が襲ってくる気配はなく、一様にほっとした表情を浮かべていた。

永井家屋敷を訪ねると、表では永井勘解由夫人の甥《おい》で、永井家の物頭《ものがしら》を務める椎《しい》名貴三郎《なきさぶろう》が火事装束《しょうぞく》に身を包み、小者《こもの》たちを従えて番をしていた。

律々《りり》しきその姿に栄三郎は相好《そうごう》を崩したが、貴三郎は栄三郎のおとないにすぐに気付いて、

「これは先生、本所の方が火事と見て、すぐにお越しくださりましたか！」

抱きつかんばかりに迎えると、屋敷内に請《しょう》じ入れた。

椎名家の次男坊で随分と乱暴者に育ってしまった貴三郎であったが、これに手を焼いた父・右京《うきょう》が、義兄にしてその人品《じんぴん》を尊《たっと》ぶ永井勘解由に預けてからは、才気《さいき》煥発《かんぱつ》なる若武者ぶりを発揮していた。

そのきっかけとなったのは、勘解由の一計で、貴三郎が御救普請《おすくいぶしん》の飯場で暮らす貧しき人足たちと数日間を過ごしたことであった。

人足たちは大火に焼け出され、行き場を失い、借金でがんじがらめにされ、不正役人の下《もと》で苦しんでいた。こういう世界を見聞きさせ、世の中の理不尽に対する怒りを持つように、勘解由はあえて貴三郎をそこへ潜入させたのだが、この時、勘解由からの依頼で貴三郎を導き、一緒に飯場で過ごしたのが秋月栄三郎であった。

貴三郎はこの時の経験をもって立派な若武者へと成長したゆえに、今でも栄三郎を頼りになる兄貴分という風に見ているのである。

そして、それ以来、大火の恐ろしさを知り、此度《こたび》はかくも張り切っていたのだ。

屋敷内に入ると、用人の深尾又五郎《ふかおまたごろう》がすぐに栄三郎を奥向きの武芸場に案内してくれた。

もちろん、武芸場は火の粉のひとつも被《かぶ》っていなかったが、入ってみると右手に薙《なぎ》刀《なた》を携《たずさ》えた鉢巻、襷《たすき》姿の勇ましい萩江が一人床几《しょうぎ》に腰を下ろし、ここで女中たちの報告をひとつひとつ受け、差配していた。

深尾用人は、栄三郎の武芸指南の高弟と言ってもよい萩江の勇姿を、とにかく見せたかったようである。

武芸を習得することで、ここぞという時の精神力と団結する心を鍛《きた》えられた。それがこのような火事騒ぎに生きてくる。

近隣に火事が発生したと知るや、永井家はすぐに家中の士たちが火事装束となって騒擾《そうじょう》に備え、女たちも奥向きの中での秩序の乱れがなきように気を引き締《し》め、焼け出された者の救済のためにと粥《かゆ》を炊《た》いたのであった。

永井家は三千石の大身《たいしん》とはいえ、時は文化《ぶんか》の御世《みよ》である。決して武家は裕福ではなく、借金で首が回らぬ大名家すらあった。しかし永井家は、先祖代々の倹約とやりくりのうまさで金や米を常時蓄えていた。

そして、このような非常時には、それらを惜《お》しまず困っている者たちに放出すべしと、代々の当主は家訓としてきたのである。

これに家中の者たちも誇りを持ち、有事の折に見せる永井家の統制のとれた奉仕活動には目を見張るものがあった。

それが奥向きにも浸透してきたのは、

「栄三殿のお蔭でござるよ……」

深尾用人はそう伝えたいのだ。

しかし、そのように言われると、栄三郎はたちまち恥ずかしくなって身を縮《ちぢ》ませた。

思えば永井家は三千石の御旗本──当主・勘解由もかつては勘定奉行まで務めた大人物である。

奥向きの女中相手に武芸指南をしているだけの身が単身駆けつけたとて、かえって段取りを崩すだけではないか。まさか、火事騒ぎをよいことに、萩江の顔を見に来たとは思われまいか──。

そんなことが気になってならなかったのである。

気丈に振舞う萩江の姿を見た上は、すぐにこの場から逃げ出したくなった栄三郎であったが、

「これは先生……」

たちまち萩江に見つけられて、金縛りに遭《あ》ったように立ち竦《すく》んでしまった。

気を張り詰めて緊張した表情にはえも言われぬ充実感がみなぎり、それがぽっと上

気した萩江の顔をいっそう華《はな》やかにしていた。そんな美しき女《ひと》を目《ま》のあたりにして逃げ出すことができようか。

「わたしが来るまでもござりませなんだな……」

栄三郎は少しかすれた声で応《こた》えた。気がつけば喉《のど》が渇《かわ》ききっていた。

萩江はすぐにそのことに気付き、手ずから栄三郎に茶を給し、

「いえ……、先生のお顔を拝しただけで、ほっとして、心が随分と休まりました……」

と、とけるような笑顔を向けた。

それだけで本所まで駆けつけた甲斐《かい》があったというものだ。

栄三郎は茶を飲み干すと、萩江と言葉を交わす恥ずかしさをごまかすように、そこからは深尾又五郎を交えて火事の状況を訊《き》いた。

どうやら火は荒井町の空き家から出たようで、入り込んだ浮浪者が暖をとった火の不始末が原因だと見られた。

「すっかりと寒くなって参りましたから……」

やっとのことで空き家を見つけたのはよいが、浮浪者のこととて追い立てられ、追い立てた方も火のことまで気が回らず、このような火事を引き起こしたのであろうと

言って、萩江は整った眉《まゆ》をひそめた。

焼け出された方はとんだとばっちりではあるが、切羽《せっぱ》詰まって雨露をしのがんと空き家に入り暖をとった浮浪者も、またそれを取り締まらんとして火事を引き起こした町の者たちも、萩江には哀れに思えたのであろう。

それは栄三郎も同感であった。

先ほど栄三郎を邸内に請じ入れた折に、

「焼け出されて二親を亡くした子供たちもいるのでしょうか。それが気にかかりましてござる……」

と、椎名貴三郎が嘆息していた様子が思いおこされた。

心の片隅に萩江への恋心を抱きつつ、火事場に駆けつけた自分を恥じ入りながら、糊塗《こと》しながら、栄三郎は神妙に頷《うなず》いて被害が少ないことを祈った。

二

火事騒ぎがあった数日後のこと——。

「お前さんの弟弟子が、近頃なかなか味な真似《まね》をしているぜ」

南町奉行所定町廻《じょうまちまわ》り同心・前原弥十郎が、秋月栄三郎にそんな情報をもたらした。

栄三郎が師匠を務める、京橋水谷町の〝手習い道場〟を見廻ってのことであった。

「わたしの弟子……？　というと、今は役者をしている……」

「ああ、河村文弥《かわむらふみや》だよ」

河村文弥は本名を岩石大二郎《いわいしだいじろう》――大和十津川郷士《やまととつがわごうし》の出で、江戸へは剣術を修めに来たのであるが、そのうちに芝居の魅力に取りつかれ、ついには武士を捨てて役者になったという変わり種である。

剣術は気楽流・岸裏伝兵衛の許《もと》で学んだから、秋月栄三郎にとってはまさしく弟弟子といえる。

「味な真似……、奴が何かしでかしましたか」

岩石大二郎という、いかにも剛健な名に似合わず、小柄で痩身《そうしん》の優男《やさおとこ》であるこの弟弟子は、今まで何度も兄弟子の手を煩《わずら》わせてきただけに、訊《たず》ねる栄三郎の声も少しばかり上ずっていた。

「ああ、いや、悪いことじゃあねえんだよ。むしろ、誉《ほ》めてやらねえといけねえことだわな……」

弥十郎の目は笑っていた。

「誉めてやらねえといけねえ……。こいつはますますわからなくなってきましたねえ……」

栄三郎は首を傾《かし》げた。

「この頃、本所の御救小屋で、河村文弥の一人狂言が評判を呼んでいるんだよ」

弥十郎の話によると——。

先日、本所荒井町、番場町辺りで発生した火事によって身寄を亡くした年寄、子供を一時収容すべく、お上《かみ》は本所界隈《かいわい》に御救小屋を設置した。

被災した町の衆は、町会所の積金《つみきん》などにより日々の糧《かて》とねぐらを得たものの、元の暮らしとはほど遠く、不安な想《い》いの中で不自由を強《し》いられることになる。

その傷つき疲れ果てた心を癒やさんとして、河村文弥こと岩石大二郎は、鳴物《なりもの》を一人だけ連れて、色んな役を一人でこなす〝一人狂言〟を演じて廻っているというのだ。

これはもちろん無償での奉仕なのであるが、困っている人に安らぎを与えようとして、役者業の合間を見て御救小屋の前の広場でただ一人で芝居をする河村文弥に評判が集まっているそうな。

「奴がそんなことを……」

栄三郎はにこやかに弥十郎を見た。

どちらかというと意志薄弱で、自《みずか》ら何かことを起こそうなどという気概は、芝居に出ることのほかには何もなかった大二郎ではあるが、この弟弟子は人一倍心が優しかった。

それゆえに、その噂を聞いても栄三郎は満更不思議とも思わなかったのである。

「そうですか。そいつは誉めてやらねえといけませんねえ」

「ああ、誉めてやるがいいや。とかく子供ってえものは、二親に外れるようなひでえ目に遭えば、心の中が荒《すさ》んじまって大人になった時に道を踏み外しちまうことが多いってもんだ。河村文弥によって心が洗われりゃあ、これほどのことはねえよ……」

別段ありがたくもない当たり前の話を、弥十郎はしみじみと語った。

妻をめとってからというもの貫禄《かんろく》が大事だと思ったのか、かつて勢いよく口から出ていた蘊蓄《うんちく》話が、近頃はこの〝しみじみ型〟に変わってきた前原弥十郎であった。

これによって蘊蓄話の尺が延びて辟易《へきえき》としていた栄三郎も、今日はやけに弥十郎の話がすんなりと体の内に入ってきていた——。

さらにその二日後。

栄三郎は又平を伴《ともな》って、本所源光《げんこう》寺に出かけた。

ここはかつて岸裏道場閉鎖の後、栄三郎が一時寄宿していた寺で、少し前からは、旅暮らしを続けていた岸裏伝兵衛が江戸における住まいと定め、僧坊を借り受けている。

話を聞くに、この寺にも先日の火事で焼け出された年寄や子供が収容されているという。

そこで寺男の弥二郎《やじろう》に問い合わせてみると、まさしくこの日に河村文弥が慰問に来るとのこと。

寺の住持と岸裏伝兵衛はまだ番場町に岸裏道場がある頃からの顔見知りで、古くから寺に勤める弥二郎は、河村文弥が岩石大二郎として岸裏道場にいた頃を知っているので、

「あの岩石さんが役者になったとは、まったく生きていればおもしろいことに出くわすってもので……」

と、感慨深く言ったものだ。

生憎《あいにく》、河村文弥にとっても剣の師匠である岸裏伝兵衛は、またふらりと旅に出ていて今は源光寺にいない。

いてくれたら好いものを――。

栄三郎はそう思ったが、

「お前が自分でこうと決めたことだ。それもまたよかろう」

岩石大二郎から役者になったと聞かされた時、伝兵衛はいささかも渋面を作らずにこう言って励ましたものの、大二郎にしてみれば、まだまだ役者として充実していない自分の一人狂言など、今は観てもらいたくなかったのかもしれない。

岩石大二郎にとって兄弟子は、秋月栄三郎の他に松田新兵衛《まつだしんべえ》、陣馬七郎《じんましちろう》といった剣豪がいるが、剣の道一筋の松田新兵衛は、今では岩石大二郎が役者になったことを栄三郎に取りなされて認めたものの、決して彼が剣を捨てたことを喜ばしくは思っていない。

陣馬七郎は少し前に、役高千五百石の持筒頭《もちづつがしら》を務める旗本・椎名右京の許に仕《つか》える身となり、このところは多忙を極《きわ》め、大二郎のことに関わっている間がない。

——ここはまず、おれが奴の様子を見届けてやるしかあるまい。

この日、栄三郎は彼独特のお節介焼きの本領を発揮して源光寺へ入ると、本堂の前で住持に挨拶《あいさつ》をしている大二郎の姿を見た。

「いや、お寺が無事で何よりでございました……」

話す口調にも役者らしい歯切れのよさが備わり、その日は生き生きとして輝いていた。

「大二郎の奴、人を慰《なぐさ》めることに生き甲斐を見つけたようだな……」

栄三郎は傍らに控える又平に低い声で言うと、そっとその場を離れた。

今会えば大二郎も照れくさかろうし、どのような一人狂言を演じるのか、まず観てから後で誉めてやろうと思ったのである。

住持は寺の僧と弥二郎に、大二郎を僧坊の方へと案内させた。

大二郎には一人、三味線《しゃみせん》と鉦《かね》、太鼓を担《かつ》いだ連れがいる。これは河村八弥《はちや》といって、大二郎の役者としての師・河村直弥《なおや》の弟子で、文弥こと大二郎の弟弟子にあたる。

芝居の腕はさっぱりなのだが、楽器の扱いは上手《うま》く、大二郎の一人狂言の鳴物を務めてやっているようだ。

僧坊の空き家には何人もの子供と年寄たちが数軒に散らばって暮らしていた。

落ち着く先が決まるまではここでの暮らしが続くわけだが、僧坊の前の庭には年寄、女子供たちが集まって、河村文弥の登場を待ち構えていた。

仮住まいの暮らしにこれといった楽しみもなく、あれこれ噂話をするうちに文弥の評判を聞きつけたのであろう。

栄三郎は又平と先廻りをして、今は旅に出ているゆえに空き家となっている岸裏伝兵衛の家に忍んで、そこからそっとこの様子を窺《うかが》った。

「この度《たび》は、いずれも様におかれましては、色々と難渋をなされました由《よし》、この河村文弥、心中よりお見舞い申し上げる次第にござりまする……」

文弥こと大二郎は八弥と居並びまず口上を述べ、火事で焼け出された町の衆を労《いたわ》った。

その表情には真実があふれていて、思わず目頭《めがしら》を熱くする老人もいたほどである。

「本日はせめてお慰みにと、この河村文弥が一人狂言を相勤め申し上げまする……」

老人、女、子供たちから一斉《いっせい》にやんやと誉めそやす声が起こった。

これに大二郎はしっかり応えると、紋付き袴《はかま》の出立《いでた》ちにて、八弥の鳴物にのせて〝法界坊《ほうかいぼう》〟のさわりを一人で何役もこなしながら演じ始めた。

「ほう……、ちょっと見ねえ間に、大二郎の奴、腕を上げたじゃねえか……」

「ほんに左様で……」

岸裏伝兵衛の住まいの内から河村文弥の一人芝居を見つめる秋月栄三郎と又平は、感心して唸り声をあげた。

かつては〝車引《くるまびき》〟で牛の足を勤めていた大二郎であったが、大したもので芸に精《しょう》進《じん》するうちに、これほどまでに役を演じることができるようになったとは――。

やがて、

「まず、本日はこれぎり……」

と、河村文弥はその場で座礼をして芝居を終えた。

当然のごとく再びの喝采《かっさい》が彼を包んだ。

大二郎の顔はぽっと紅潮して、真によい役者ぶりであった。

栄三郎と又平は頃やよしと表へと出た。

「秋月さん……」

大二郎は実に目敏《めざと》く二人の姿を見つけて、いかにも照れくさそうな笑みを浮かべた。

「いやいや、秋月さんと又さんが観ておいでとは驚きました。いつもわたしのことを気にかけていてくださり、真に嬉《うれ》しゅうございまする……」

一人狂言を終えた大二郎を、栄三郎は岸裏伝兵衛が借り受けている僧坊に誘い、用意しておいた酒と稲荷鮨《ずし》で労《ねぎら》ってやった。

これに大喜びする大二郎の横手で、八弥は嬉しそうにして黙って稲荷鮨を頬張《ほおば》った。

「正直に言って、お前の芸がこれほどまでになっていたとは思っていなかったよ」

「そんな恥ずかしくなることを言わないでください。秋月さんは芝居好きですから、わたしの芸の拙《つたな》さはお見通しでございましょう」

「そりゃあ、色々言い出したらきりがないが、何役も一人でこなして、そのひとつひとつがなかなかさまになっていた。何といっても、御救小屋の皆が涙を流さんばかりに喜んでいたんだ。お前、好いことをしたな……」

「そう言っていただけることが何よりも嬉しゅうございます。岸裏先生にもご覧いただければよろしゅうございましたものを……」

栄三郎に誉められて、大二郎はしんみりとして感じ入った。

以前ならば、どうです、わたしもちょっとは役者らしくなったでしょう、などと自慢げに胸を張ったかと思うと、岸裏先生や松田さんには内緒にしておいてください……、などとすぐに声を潜《ひそ》めていた大二郎が変われば変わるものである。

栄三郎の言葉を神妙に受け止め、伝兵衛にも観てもらいたかったと残念がる――これは大二郎に、役者・河村文弥として生きていく確固たる覚悟が生まれたことに他ならないと栄三郎は受け止めたのであるが――。

「それにしても大二郎、お前は好い人気取りを考えたもんだな……」

「人気取り？」

「ああ、こうやって一人狂言をすれば、お前の腕は上がるし評判も上がる。何しろ、難渋している者の気を慰めてやろうとして、ただで芸を見せているんだ。世間の奴らはお前の心意気に惚《ほ》れて、贔屓《ひいき》も増えるってもんだ。損して得取れだ。お前の役者としての看板は大いに上がったな」

「人気取りなどとは、とんでもないことでございます……」

栄三郎が、これからの河村文弥としての役者人生に、この一人狂言が大いに役立つであろうと言っても、大二郎は眉ひとつ動かさない。それどころか、かえって不満げな表情を浮かべて、

「秋月さん、わたしはこの一人狂言を、わたし自身の出世の糸口にしようなどとは思っていないのです。ただ人様のお役に立てばこそと納得しているのでございます……」

きっぱりと言ったものである。

さすがは秋月さんです。なるほど、これでわたしも少しは売れるでしょうかねえ

——栄三郎は大二郎の少しおどけた応えを期待していただけに、一瞬面喰《めんく》らって、

「こいつはすまなかった。これじゃあ、お前が欲得のために人助けをしようとしているように聞こえてしまうな……」

と、慌《あわ》てて言葉を足《た》した。

「お気を悪くなさらないでくださりませ。秋月さんにだけはこの河村文弥の真意をわかっていただきとうございまして……」

大二郎はすぐにまた元の殊勝な表情に戻って、うまそうに稲荷鮨を頬張った。

――まったく、この野郎のお人好しはおれを超えてやがる。

栄三郎は苦笑いを浮かべたが、何がさて、弟子の岩石大二郎が昔のままの心優しさで、新たな境地を開いたことはめでたいことだ。

「お前の言葉を松田新兵衛にそのまま伝えておこう。奴のことだ、大二郎に武士の情が残っていたか！　などと言って喜ぶに違いない」

栄三郎はからかうように言って、大二郎に酒を注《つ》いでやった。

「松田さんに誉めていただけたら、これほどのことはありません……」

「新兵衛はお前が剣を捨てたことを怒っていたが、役者だからこそできる義挙があるということを教えてやるがいい」

「教えてやれなどと、そんなおこがましいことを……」

ためらいつつも、大二郎の表情はたちまち明るくなった。

「何がさて、よかったな」

「ありがとうございます」

「やはり、岸裏先生にも観ていただきたかったな。大二郎、いや、河村文弥が大勢の人の心を和《なご》ませている姿をな……」

「はい……」

「旅からお帰りになったらすぐにお目にかけたいものだが、そうそう火事が起こっちゃあ大変だな」

「ほんに左様で……。はッ、はッ……」

「はッ、はッ、はッ……」

三

それから後も、本所近辺での河村文弥の一人狂言の慰問は続けられた。

その評判を聞きつけて、他の芸人たちの中にも御救小屋に収容された町の衆を喜ばせ人気を得ようと、文弥のように一人で芝居をして廻る者も現れたという。

それによって御救小屋の衆は随分と楽しみが増えて喜んだそうだが、所詮《しょせん》は二番煎《せん》じのこととて河村文弥の評判に翳《かげ》りはなかった。

といっても、これは火事のあった本所の一部の地域のことで、江戸中に響き渡るほどのものではなく、河村文弥の活躍ぶりは、源光寺の寺男・弥二郎によって、京橋水谷町の秋月栄三郎に報《しら》されたのであった。

だが、そんな報せを受ける度に、栄三郎はどうも河村文弥こと岩石大二郎の活躍を心から喜んでやれない自分がいることに気付いていた。

剣の師・岸裏伝兵衛は今、上州《じょうしゅう》の道場を巡り歩いているとのことで、依然江戸にはいない。

剣友・松田新兵衛には、あれからすぐに日本橋《にほんばし》通南三丁目にある住まいを訪ね、大二郎の人気ぶりを伝えた。これに新兵衛も、

「なるほど、難渋する者の心に平安を与えるために奉仕を……。うむ、確かに剣をとってできることではないな。おれは観たとて値打ちがわからぬゆえに遠慮するが、今度会うことがあれば、松田新兵衛が顔をしかめながら喜んでいたと伝えてくれ……」

と、彼なりの喜び様で応えたものだ。

そうして栄三郎もまた、素直に大二郎の成果を喜んでいたはずであったのに――。

手習い師匠を務める間も、栄三郎の胸の中は薄靄《うすもや》がかかったようで、何やらすっきりとしないのである。

――そうだ。大二郎らしさがないのだ。

いくらしていることが立派で感心なことであっても、それは岩石大二郎という、剽軽《ひょうきん》で憎めない男であるからこそ、栄三郎は嬉しく思うのである。

「……ただ人様のお役に立てばこそと納得しているのでございます……」

などと神妙な顔をして言ったとて、似合わないのである。

そうなのだ。

「どうせ日頃は大したお役も勤めていないのです。こういう時に一人狂言をすれば、わたしの稽古《けいこ》にもなりますし、御救小屋の人にもちょっとは喜んでもらえるでしょうし、何とはなしに始めてみればなかなかの評判を頂きましてね。何やら千両役者になったような心地ですよ……」

栄三郎は、岩石大二郎にはこんな応《いら》えが返ってくる男であってほしかったのだ。

大上段に構えて、

「人様のために」

などと言う男は、栄三郎の経験上、どうもいかがわしい匂いがするのである。

昔から生真面目《きまじめ》で潔癖な男であれば、さもあろうと思うのだが、剣術の稽古を怠《おこた》り悪所をうろつくことにかけては、岸裏道場にあって秋月栄三郎と双璧《そうへき》をなすと言われた大二郎なのだ。

だからこそ栄三郎は、自分に通じるいい加減さを持ち合わせている岩石大二郎という弟弟子をかわいがってきたし、大二郎もまた、何かというと栄三郎にすり寄ってきたのである。

もっとも、松田新兵衛ならば、

「歳《とし》とともに大二郎にも、分別《ふんべつ》が備わってきたということだ。何もおかしなことではなかろう」

と、栄三郎が抱いたえたいの知れぬ〝おもしろくない想い〟を一刀両断にするであろうが――。

しかし、栄三郎の心の靄は、やがてはっきりと形になって現れることになる。

神無月《かんなづき》も残すところあと僅《わず》かとなったある日のこと。

手習い道場に文《ふみ》を携えた若い男が栄三郎を訪ねてきた。

男は浅草奥山《あさくさおくやま》の宮地《みやち》芝居〝大松《だいまつ》〟の仕切場の者で、文の主《ぬし》はここの人気役者・河村直弥であった。

直弥は河村文弥――すなわち岩石大二郎の役者における師匠である。文を一読すると、文弥のことで是非会って話したいことがあると認《したた》められてあった。

「委細承知致したと直弥さんにお伝えくだされ」

栄三郎はちょうどその時、一度奥山へ河村直弥を訪ねてみようかと思っていたところであったのだ。

早速、文に認められてあった通り、その日の夕刻に直弥が指定した鉄砲洲の船宿〝和泉屋《いずみや》〟へと出向いた。

三座の役者には敵《かな》わぬものの、河村直弥は人気のある役者である。顔がささぬように船で乗りつけられる所にしたのであろうが、それが鉄砲洲とは、栄三郎の住まいからほど近く、気が利《き》いている。

いくら評判をとろうが、大きなところから贔屓を得ようが、いつも変わらず、誰にでも細かな気遣《きづか》いができる河村直弥にはつくづくと感心させられる。

あの河村直弥がおれに会いたいと言ってわざわざ鉄砲洲まで出向いてくる――。

栄三郎はちょっと誇らしい気持ちになって船宿の座敷へと入った。

すでに河村直弥は来ていて、ただ一人で下座に端座して栄三郎を迎えた。

「お久しぶりにございます。本日はわざわざのお運び、真に忝《かたじけの》う存じまする……」

ややしゃくれた顎《あご》、すっと通った鼻筋——錦絵《にしきえ》から出てきたような顔立ちの直弥が言葉を発すると、もうそれだけで芝居の中にいるような気分になる。

栄三郎にはまったく男色の気はないが、どうも直弥を前にすると落ち着かなくなるほどに、この役者は美しい。

「いやいや、ちょうど太夫《たゆう》に会いたいと思っていたところで、かえって助かりましたよ……」

栄三郎はにこやかに応えると席についた。

直弥は少し照れ笑いを浮かべて頭を下げた。

栄三郎ににこりと頬笑まれると、大抵の者は引き込まれるように口許を綻《ほころ》ばせるものだが、河村直弥をはにかませるとは秋月栄三郎もなかなかのものである。

直弥は女中を呼んで手早く酒肴《しゅこう》を調《ととの》えさせて、その間は今度かける芝居〝加賀見《かがみ》山《やま》〟の話などをして栄三郎を退屈させなかった。

やがて運ばれてきた酒の燗《かん》はほどよい熱さで、膳には甘鯛《あまだい》の酒蒸《さかむ》しがのせられていた。

甘鯛は栄三郎の好物で、酒蒸しで食べさせてくれる店は滅多とない。

「これは嬉しい！　わたしの好物をいつか話しましたかな」

「はい。お話を伺《うかが》うとあまりにおいしそうでございましたので覚えておりました」

栄三郎の素直な喜びように直弥は大きな目を細めた。

「実はわたしも文弥のことが気になっていましてね……」

女中が下がり二人になると、まず栄三郎から切り出した。

「気になっていたと申されますと……」

「一人狂言をそっと観に行ったのです……」

栄三郎は先日の源光寺での一件を直弥に伝えた。

「左様でございましたか……」

たちまち直弥の美しい顔に焦心の色が浮かんだ。

「このことをまさか直弥さんは……」

「もちろん知っておりました。わたしもよいことだと思っていたのでございますが
……」

そもそも河村文弥の一人狂言は直弥が勧めたことであったそうな。

少し前のこと。河村直弥を好きで好きで堪らぬという女がいて、それが落魄《らくはく》の上に小石川養生所《こいしかわようじょうしょ》に収容され、余命いくばくもない状態となった。

それを憐《あわ》れんだ養生所見廻りの同心が、人を介《かい》して一目会ってやってもらえぬかと問い合わせてきた。

直弥はこれに喜んで応えて、同じ伺うのならと養生所の一隅で患者たち相手に一差し舞い、大いにありがたがられた。

この時、供をした文弥はこれにいたく感激し、自分にもできることがないかと思い、件《くだん》の一人狂言をもって御救小屋を巡る計画を立てた。

直弥も芸の上達の近道にもなる上に、人様のお役に立つならばこれほどのことはないと温かくこれを許した。

しかし、〝大松〟での舞台の合間にしていたことがやがて高じて、

「お師匠様、お願いでございます。難渋をしている方々を見ますと、どうしてもほうっておけません……」

と、直弥に懇願《こんがん》しては座を離れ、御救小屋や貧民の溜《た》まりに出向くようになった。

そして先頃起こった火事によって、河村文弥はこの奉仕活動にしゃかりきになり、ついには座頭《ざがしら》の河村直三郎《なおさぶろう》がこれに怒って、

「そんなに御救小屋が大事なら、構うことはない、この月の舞台には出ずに方々廻ればどうだい」

と言って座組から外してしまったというのだ。

いつもならば、師匠、座頭をしくじった時は真に殊勝な様子で、

「ああ、またやらかしてしまいました。お願いでございます、どなたかどうぞお取りなしを……」

などと泣きそうな顔で助けを求めるところが憎めぬ文弥であったが、この度はただただ神妙に畏《かしこ》まって、

「申し訳ござりませぬ。では、そのようにさせていただきまする……」

謝りはしても改めようとはせず、縋《すが》りもせぬ。

「座頭は破門してしまえと、それはもうお怒りなのでございます……」

直弥は腹の内から声を絞《しぼ》り出すようにして言った。

「なるほど、そういうことがあったのですか……」

栄三郎もこれで合点《がてん》がいった。

先日は焼け出されて身寄のなくなった老人、女子供を前にしての一人狂言を観た感慨によって、河村文弥こと岩石大二郎という男の変貌《へんぼう》に今ひとつ気付かなかったのである。大二郎独特の〝かわいげ〟というものがなくなっていたことに――。

「それは困りましたね……」

「はい、このところは芸も上達して、少しずつではありますが好い役もつき、お客もついてきたというのに……」

「奉仕というものは、己《おのれ》に余裕があってこそできるものですからねえ」

「そうなのです。一人前の役者になれぬまま横道にそれてしまっては、元も子もありません」

今は何とか直弥の取りなしで、座頭の直三郎も、

「人助けを咎《とが》めては後生《ごしょう》が悪い」

と言って怒りを鎮めているが、何とかその間に座組に戻さねば、本当に〝大松〟から放逐されることになると直弥は気が気でない。河村文弥への期待と共に、直弥は、人が好く明るい気性《きしょう》で一座の誰からも好かれているこの武家出の弟子を本当にかわいがっているのである。

岸裏道場で共に稽古に励んだ頃は、栄三郎も頼りなげな大二郎を放っておけず、随分と世話をしてやっただけに、直弥の気持ちが痛いほどわかる。

「あの野郎、直弥さんにこれほど目をかけてもらいながら勝手な真似をするとは、とんでもねえ奴だ……」

栄三郎はだんだんと向《むか》っ腹《ぱら》が立ってきた。

河村直弥ほどの役者が、まだ半人前の弟子のために、わざわざ一席設《もう》けて相談したいというのである。大二郎はそのことを何と思っているのか――。

「わかりました。つまるところ直弥さんは、河村文弥を何とか一座に連れ戻すことはできぬかと、この栄三に相談したかったのですね」

「はい……」

直弥はゆっくりと頷いた。

「わたしの見たところでは、文弥はどなたかに知恵を授けられているのではないかと……」

「誰かに知恵を授けられている？」

「確《しか》とは知れませんが、このところ文弥は世の中のことを嘆《なげ》くようになりまして……」

武士を捨ててまで人のおこぼれに与《あずか》って生きる役者となって、何を今さら世の中を嘆くことがあろうかと、座の者たちは文弥独特の洒落《しゃれ》だと思ったそうだが、本人はいたって真面目に、

「世の中には困っている人があふれるようにいるのに、それを踏みつけにして、のうのうと生きる者もいる。これはいったいどうしたものなのですかねえ……」

こんな調子で憤慨したり嘆息したりするらしい。

「手前ども役者の中には、そんなことを話し合う者はおりません……」

それゆえ何者かに難しいことを教えられ、すっかりこれに入信してしまったのではないかと直弥は言うのだ。

「なるほど、それは十分に考えられますねえ」

栄三郎は大きく頷いた。

思えば、そもそも武家を捨てたのも芝居に取り憑《つ》かれたゆえのこと。

だいたいが物事に感化されやすい純真さを持ち合わせている岩石大二郎である。今度のことも、一人狂言を演じて困窮《こんきゅう》する者たちと触れ合ううちに何事かに目覚めたのかもしれない。

だがそうなると、栄三郎が何を言ったところで大二郎は心を頑《かたく》なにするばかりであろう。

「承知致した。その辺りのことを見極めながら、河村文弥を元のあ奴にした上で、必ずや直弥さんの許へお戻しいたしましょう……」

甘鯛《すい》の味もどこかへとんでしまったが、秋月栄三郎は姿勢を正して、直弥を改めて真《ま》っ直ぐに見た。

「何卒《なにとぞ》よろしくお願い申します……」

いつもながらに話の早い栄三郎に感謝をして、直弥は恭《うやうや》しく頭を下げつつ、栄三郎の前に五両入った包み紙を差し出した。

四

「いざともなれば、わたしは一座を辞《や》めてもよいと思っているのです……」

岩石大二郎は思いつめたように言った。

「馬鹿なことを言うな。故郷《くに》の親父《おやじ》殿は、そもそもお前に剣を修めさせようと思われて江戸へ遣わされたのではなかったのか」

栄三郎は諭《さと》すようにこれに応えた。

「その大二郎が剣を捨て役者になっていたことを知った時は随分と驚かれたし、お怒りになったが、しまいには好きにするがよい、だが何事も芸の道は厳しいぞと仰《おお》せになられて、おぬしが役者になることを許された……」

「わかっております……」

「わかっているなら、なぜそこまでの想いで進んだ役者の道を投げ出すのだ」

「投げ出したわけではありません。わたしの拙い芸でも喜んでくださる人がいる……。それならば、悠長に芝居など観てはおれぬ貧しい人たちのためにこの身を生かそうと思ったのです」

「拙い芸を貧乏人に見せて悦に入るか……。考えただけで侘《わび》しくなってくるぜ」

「これは秋月さんのお言葉とも思えません。先だっては、お前は好いことをしたと喜んでくれたではありませんか」

「それはだな……」

「お師匠から何か頼まれたのかもしれませんが、とにかくわたしは、一人狂言の出前をやめるつもりはありません」

「そうして〝大松〟を辞めて、お前はどうやって食っていくんだ」

「わたしの芸を聞き及んで、お座敷に呼びたいといってくださるお大尽もいるのです」

「そこから金をふんだくって、貧しい者たちのために施《ほどこ》すというのか。こいつは義賊だねえ……」

「いけませんか。利を貪《むさぼ》る者からは遠慮なくおあしを頂けばよいではありませんか」

「金持ちってのは気まぐれなんだよ。今は火事騒ぎの熱が冷めてねえから珍しがって呼んでくれるが、拙い芸しかできぬお前をいつまでも呼んでくれるわけがねえだろ」

「その時はまた考えればよいことです」

鉄砲洲の船宿で河村直弥と会った次の日から、秋月栄三郎は河村文弥の名で一人狂言をして廻る岩石大二郎の姿を求めた。

そしてこの日、松倉町《まつくら》の空地《あきち》に建てられた御救小屋に大二郎の姿を認めたのであるが、終演後に小屋の裏手で話を切り出してみたものの、件のごときやり取りとなった。

あれこれ糸口を見つけようとしたが、思った以上に大二郎の意志は固く、ことごとく栄三郎の言葉ははね返されたのである。

こういう時に怒ってみたとて、相手の決心を強めるだけであることを栄三郎はわかっている。

「わかった……。好きにするがいい……」

ことさらに素《そ》っ気《け》なく言い置くと、大二郎の傍《そば》から離れた。

「秋月さん、わたしは……」

こうなると、相手がずっと慕《した》っていた秋月栄三郎であるだけに、大二郎も自分をわかってほしくなる。

思わず呼び止めるのへ、

「大二郎、おれはもうお前の兄弟子でもない。何を言ったとて仕方あるまい。だが、これだけは覚えておけ。今のお前はまったくつまらぬ……」

さらにそう言い放つと踵《きびす》を返して歩き出した。それが大二郎にとって何よりもこたえることだと思ったのである。

――あれは大二郎ではない。

先日会った時も思ったが、岩石大二郎の心の内に何者かが入り込み、これを乗っ取ってしまったとしか考えられなかった。

――そうだ。奴をたぶらかしている者がいる。

栄三郎はその影の存在に、今はっきりと気付いた。

「又平、あいつが誰か見届けてくれ。くれぐれも気取《けど》られぬようにな……」

御救小屋が見えなくなった曲がり角で、そこに控えさせていた又平に栄三郎は耳打ちした。

その視線の先には一人の学者風の男がいる。

河村直弥から、文弥が誰かに知恵を授けられているのではないかと聞かされた時、栄三郎の脳裏にこの男の顔が浮かんだ。

先日源光寺で大二郎の一人狂言を観た時、見物人の中に見かけたのである。見物衆の端にいて、そっと見守るようにしていた姿を、常の者ならば見過ごしてしまったであろうが、様々な人を観察することが道楽ともいえる秋月栄三郎である。場違いな男が交ざっていることに気付いていた。

何よりも栄三郎は、大二郎の芸よりも、これを見物する人々の満足そうな表情を覗《のぞ》き見ることが楽しかったのであるからなおさらだ。

学者風の男は短めの脇差《わきざし》を帯びただけの地味な装《よそお》いで、歳の頃は四十過ぎ――ふくよかな顔は終始にこやかで、何度も頷きながら見物していた。

――あのような男が、大二郎の奉仕を誉めて世の中への怒りを語れば、奴はますます〝その気〟になってしまうのではないか。

そんな風に思ったのだ。

そしてその男の姿を、今大二郎と別れてこの曲がり角に来るまでの間に、栄三郎は再び見かけた。

学者風はちらりと栄三郎に視線を送ったが、栄三郎は気付かぬふりを決め込み、ただ仏頂面《ぶっちょうづら》でやり過ごすと、待たせていた又平に男の姿を覗き見させたのである。

「へい、承知致しました……」

又平は低い声で頷くと、男の姿を確かめた。

男は御救小屋の裏手へと消えていった。

その刹那《せつな》、又平は小走りに、男のあとを追った。

「とはいえ、あの男が何者か、つきとめたとて何になる……」

栄三郎はふっと笑って呟《つぶや》いた。

今の岩石大二郎にとっては、栄三郎の言葉よりも、ああいう学者然とした男が説く理の方が聞いていて楽しいし、すっと体の中に入るのであろう。

「まあ、それも奴の生き方だが、こっちも商売だ……」

剣の兄弟弟子であるという思い入れは捨て、必ず岩石大二郎を元の河村文弥へ戻してみせる――栄三郎は取次屋としての意地を鼓舞して歩き出した。

方々で焼け跡が無惨な姿をさらしていたが、焼けずに残っている木々が見事に紅葉して、旺盛なる生命《いのち》の美しさを発散している。

「秋月さん、見てください、紅葉がきれいですよ。あれを眺めながら、きゅッと一杯ひっかけますか……」

岸裏道場にいた頃の岩石大二郎の声が聞こえてきそうな初冬の昼下がりであった。

その夜、又平は思いの外早《ほか》い時分に京橋水谷町へと戻ってきた。

栄三郎は帰りに魚河岸《うおがし》でうまい具合に鮟鱇《あんこう》を仕入れることができて、好物の鮟鱇鍋で又平の労を謝した。

「旦那《だんな》、こんなことはあっしがしましたものを……」

又平の顔を見るや、火鉢に具材の入った土鍋をかけた栄三郎を見て、又平はその目を糸のようにした。

「夜は随分と冷えてきやがったからよ。まあ、熱いのをひっかけながら聞こうじゃないか」

「ありがてえ……」

栄三郎の声を聞くだけで、又平の体はすっかりと温まっていた。

「まず一杯やんな……」

栄三郎はほどよく燗のついた酒を勧めた。

鉄瓶《てつびん》のような銚子《ちょうし》で燗をつけ、そのまま小ぶりの茶碗に注いで飲むのが二人の流儀だ。

又平はいかにもうまそうに喉を鳴らすと、

「文弥さんは、あの男に随分とのめり込んでいるようですねえ……」

ゆったりとした口調でその後のことを話し始めた。

件の学者風の男は、栄三郎と別れた後の岩石大二郎と熱心に話し込んでいた。

話の内容はわからないが、話を聞く大二郎の表情はきりりと引き締まり、何やら昂《こう》揚《よう》した様子であったという。

無闇に近寄らなかったのは、又平の目に、男がただの学者のように思われなかったからである。

学問だけではなく、武芸も相当修めているような不敵な物腰に不審を覚えたのだ。

何年も取次屋稼業をこなしていると、そういう相手の器量を見極める勘が働くようになる。そしてそんな相手に対しても、決して気付かれることなく尾行をする技術が今の又平には備わっていたのである。

この男の場合は何を話しているかではなく、何者かを探ることが先決であると判断した又平は、無理なく間合をしっかりととって追跡した。

大二郎と話し込んだ後、男は力強く彼の肩を叩《たた》くと大きく頷いて立ち去った。

そして男が戻った所は、向嶋《むこうじま》の南端、小梅《こうめ》村にある小さな藁《わら》屋根の百姓家だった。

又平は自分のことを絵師の家で下働きをしている者だと告げて、近在の百姓に、主《あるじ》が風雅な百姓家を借り受け拵え場《こしらえば》にしたいと言っているのだが、たとえばあの家のようなところを貸してくれる人はいないかと訊ねてみた。

そして、話すうちに仕入れた情報によると、学者風の男は辻元恭四郎《つじもときょうしろう》という国学者であると知れた。

「辻元恭四郎……。国学者か……」

栄三郎はやれやれといった顔をした。

国学というものは、この国がそもそもどういう精神によって成り立ち、その生きる道は何ぞや——などと論じるものであったような気がする。

その学者が、欲得に充《み》ちて享楽を貪る今の世を憂《うれ》えて岩石大二郎の義挙を称《たた》え、道を説けば、元来単純で感化されやすい大二郎はたちまち信者となるだろう。

「あっしには国学がどんなものだかさっぱりわかりませんが、時折、熱心に通ってくる弟子も何人かいるようですねえ」

又平はそこまで語ると、合掌《がっしょう》して鮟鱇を小鉢によそい、うまそうに食べた。

栄三郎もそれに付き合った。

しばし二人は無言で箸《はし》と口を動かした。

やがて腹も膨《ふく》れ体も温まり、心地好くほろりと酒が回ってきて、

「この先どうします」

又平が訊ねた。

「どうするってお前、男と女のこともそうだが、うるさく言って別れさせようとすると余計に意地になるってもんだ。ここはしばらく様子を見るしかねえやな」

正義と信じることに異を唱《とな》えたって、論ずるのが玄人《くろうと》の辻元恭四郎には敵わないだろうと栄三郎は言った。

「様子を見るってえのは、国学者の……」

「そうだ。又平は辻元をどう見た」

「どうって……。あっしは何やらこう、いけすかねえ野郎に見えましたけどねえ」

「ほう、どんな風にだ」

「口じゃあ太平楽を並べていても、裏へ回ればちょろくせえことをしているような……。まあ、こいつはあっしの勘ですがね」

「お前もそう思ったか」

「旦那もですかい」

「ああ、この稼業をしていると、相手の顔付きや立居振舞を見ているだけで、何とはなしに嫌な奴かそうでないかは不思議とわかるようになる。おれはどうも気に入らねえ……」

「あっしも気に入りやせん」

手習い道場の主従の会話が弾《はず》んできた。

「考えてみれば、直弥さんからは大枚五両も預かっているんだ。このままじゃあこれを返さにゃあならねえ」

「手習いの文机《ふづくえ》もいくつか買い替えねえといけませんからねえ……」

「辻元恭四郎だって君子じゃねえはずだ。奴をしっかりと見張って、粗探《あらさが》しをしてやろうじゃねえか」

「なるほど、そいつが見つかりゃあ、これを文弥さんに突きつけて、そこから旦那がうめえことお諭しになりゃあ、あの人だって……」

「うむ、まずはそんな具合にいくか……」

たちまち話はまとまった。温かい鍋の湯気を挟んで栄三郎と又平はしっかりと頷き合った。

そうして又平を中心に、辻元恭四郎への見張りは続けられた。

時に栄三郎も又平に代わって百姓姿となって、件の百姓家が見える所で時を潰《つぶ》し、辻元が出かければこれをつけたりもしたが、栄三郎は一度、河村文弥こと岩石大二郎と話しているところを辻元に見られていると思われた。それゆえに慎重にならざるをえず、近くに寄れずに見逃してしまうこともあった。

そこで、又平が軽業芸人《かるわざ》であった頃からの無二の友・駒吉《こまきち》を駆り出した。駒吉は相変わらず手習い道場の裏手にある〝善兵衛《ぜんべえ》長屋〟に住んで瓦《かわら》職を務めているのだが、時折かかる取次屋の助っ人をいつも心待ちにしているから、喜び勇んで見張り役を引き受けた。

かつて博奕《ばくち》の借金で身を持ち崩し、香具師《やし》の一家で諜報《ちょうほう》を担《にな》ったことのある駒吉のことである。見張りの腕は又平にも劣らない。

こうして、取次屋に睨《にら》まれたのが因果と諦《あきら》めろとばかりに、辻元の粗探しは続けられたのだが、

「三日もありゃあ、辻元恭四郎の奴も何かぼろを出すに違いない……」

と、高を括《くく》っていたものの、辻元はなかなかに真面目そのもので、依然として御救小屋を廻る岩石大二郎を訪ね、これを激励しては百姓家で弟子たちに何やら講義をするという暮らしを送っていた。

「文弥殿、いや、大二郎殿。そこ許のような真に健気《けなげ》な人が、この国を少しずつ変《そ》えていくような気が致す。色々なことを言って大二郎殿のやる気を削ごうとする輩《やから》も数《あま》

多《た》あろうが、負けてはいけませぬぞ。そこ許のしていることは正義であって、何を恥じることはない。共に世直しの旗をあげようではござらぬか……」

「はい、先生。わたしにできることがあれば何なりと……。何事も世直しのためでござりまする……」

「よくぞ申された……！」

早速駒吉は、気配を圧《お》し殺して瓦職の姿で御救小屋の屋根に登り、辻元と大二郎のこんな会話を盗み聞いた。

話している時の大二郎は真剣そのもので、うっとりとさえしていたという。

「世直し、か。いかにも大二郎の好きそうな言葉だ。大二郎殿のやる気を削ごうとする輩……。どうやらおれが、その輩のようだな」

栄三郎はがっかりした。

辻元恭四郎がそれなりの国学者で、己《おの》が考え方に熱意と誇りを持って生きているならばもうどうしようもなかった。

「そのうち奴が目を覚ましたとしても、そこまで〝大松〟の座頭も見守ってはくれぬだろう。ここは諦めてくれるよう、直弥さんに金を返して話をするか……」

栄三郎は又平と駒吉に、二人の手間だけは何とかするから引きあげようと言った。

「いや、そうはおっしゃいますが旦那、あっしはどうも辻元って野郎がいかがわしくて仕方がねえんでさあ」

しかし、又平はまだしばらく見張るべきだと言い張った。これに駒吉も相槌《あいづち》を打った。

見張るうちに知り得た辻元の情報が、二人にますます不審を与えていたのである。

「まず辻元は生国《しょうごく》がはっきりしねえし、通ってきている弟子たちも皆、浪人だとか、江戸へ学びに来ている医者の倅《せがれ》だとか、あとは学問好きの貸本屋の亭主だなんて具合に様々なんでございますが、この連中も何やらどうもうさんくさいんでさあ……」

ひと通り弟子たちの居所も確かめておいたのだが、それぞれ身分に相応《ふさわ》しい所に住んでいるものの、皆一様に〝浮世離れ〟しているというのである。

「ようは、何で食っているかよくわからねえってことでさあ」

又平からそんな話を聞けば栄三郎も放ってはおけない。

「まさか辻元恭四郎は、由井正雪《ゆいしょうせつ》のような男ではねえだろうな……」

「誰です、そいつは」

「昔、浪人たちを集めてお上にたてつこうとした男だよ」

「一揆《いっき》を起こそうとしたんですかい」

駒吉が目を丸くした。

「まあ、それほどの男には見えねえが。もし奴らが何かを企《たくら》んでいて、それに大二郎が巻き込まれることになったら大変だ……。よし、又平の言う通り、もう少し奴らを見張ってみるか……」

そうして疑心暗鬼を生じ、さらに栄三郎は又平と駒吉に辻元恭四郎の周辺を見張らせたのであるが、数日たっても辻元もその弟子たちも、これといって怪《あや》しい動きを見せなかった。

「やはり考えすぎか……」

秋月栄三郎もそこは優しい男である。

岩石大二郎がこのことで〝大松〟から追い出され、師の直弥から破門を受けたとしても、かつて岸裏道場で共に汗を流した相弟子であることに変わりはないのだ。

――やがて頭を打つだろう。その時にまた助けてやればよい。取次屋としての仕事を果せぬのは業腹《ごうはら》だがそれも仕方あるまい。

そんなことを考え始めていたのだが――。

ある日、駒吉がおかしなことを言い出した。

「旦那、どうもあっしは国学の先生の弟子で、貸本屋をやっている男の顔に見覚えがあるんですよ……」

五

その貸本屋は、本所の北十間川《きたじっけん》と横十間川《よこじっけん》が交叉《こうさ》する柳島橋の袂《たもと》にあった。霊験《れいげん》が著《いちじる》しく参詣人《さんけい》が絶えぬ、妙見堂《みょうけんどう》の門前であるのだが、こんな所で貸本屋を開いて流行《はや》るのかという、茶屋と料理屋の狭間《はざま》に建つ小さな店である。

今は正午前で、店の主は無愛想《ぶあいそう》な目を一人の客に向けていた。

客は若い、ちょっとばかり垢《あか》抜けた町の男で、少し丈長の羽織がなだらかな肩にすべるようにのっている。

あれこれ物色を始めて小半刻《こはんとき》（約三十分）になる。

「どんな物をお探しで……」

などと声をかければよいものを、店の主は早く出ていってほしそうな表情を浮かべている。

この、まるで商売気のない店の主人が、国学者・辻元恭四郎の弟子の一人であることは言うまでもなかろう。

「ごめんなさいよ。わたしに読めるような本はないようだ……」

客はそう言うと、主の舌打ちが聞こえてきそうな店を出て、向かいの茶屋へと入った。そして、葭簀《よしず》越しにそっと貸本屋の中を覗き込みつつ、懐《ふところ》から矢立と料紙を出し、さらさらと筆をすべらせると、運ばれた茶にはほとんど手をつけずすぐにまた茶屋を出た。

次に目指す先は並びの料理屋の一室――。

そこには秋月栄三郎が又平と共に貸本屋にいた客を待ち受けていた。

「すまなかったねえ清信《きよのぶ》先生、妙なことを頼んじまって……」

清信先生と栄三郎に呼ばれた若い男は、本郷菊坂《ほんごうきくざか》町に住む絵師・鈴川《すずかわ》清信であった。

以前、栄三郎が、小石川片《かた》町に馬庭《まにわ》念《ねん》流の道場を構える竹山国蔵《たけやまくにぞう》を訪ねた帰り、道に迷って清信の仕事場に出くわし、その浮世絵の艶《あで》やかさに惹かれしばし立ち寄って言葉を交わした。

以来、栄三郎とは交誼《こうぎ》を重ねてきた絵師である清信が、件のごとき行動をとったのは、貸本屋の主の似顔絵を描くためであった。

「面影《おもかげ》が消えないうちに、仕上げさせていただきましょう……」

清信はそう言って、先ほど茶屋で下描きした絵を見ながら、記憶を頼りに一枚の似顔絵を仕上げた。

「どうです……」

清信は少し自信なさげに掲《かか》げて見せたが、すでに貸本屋の主の顔を窺い見ている栄三郎と又平は感嘆した。

「いや、よく似ているよ。さすがは今売り出し中の鈴川清信先生だ」

栄三郎が清信に貸本屋の似顔絵を描くことを頼んだのは、駒吉がその顔に見覚えがあると言い出したからである。

それが誰かはわからないのだが、深川の香具師の許に身を寄せている頃のことだと思うというのだ。

深川の香具師は、うしお一家の権三《ごんぞう》で、こ奴は先代の吉兵衛《きちべえ》という元締《もとじめ》を毒を盛って殺害した凶悪な男であった。結局は、駒吉が又平とその親分である秋月栄三郎の助けを得て告発したことで、権三たち悪党は壊滅し、駒吉も今の暮らしを送ることができるようになったわけだが、その当時にすれ違っていたとなると、この貸本屋はろくな輩ではなかろう。

といっても、駒吉の思い違いかもしれないし、いきなり南町の前原弥十郎の手を借りるのも気が引ける。

岩石大二郎とて真剣な思いで世直しを手伝おうとしているのだ。誤ったことはしたくない。まずは似顔絵を見せて、こんな男に見覚えがないか訊ねてみて、何か反応があってからのことにしたかったのだ。

栄三郎は清信に一両を無理矢理受け取らせると、その足で前原弥十郎に会いに八丁堀へと出かけた。今日、弥十郎が非番で屋敷にいることはわかっていた。

屋敷を訪ねると、

「これは秋月先生……」

新妻の梢《こずえ》は栄三郎のおとないを喜んだ。

いとこ同士で、幼い頃から夫婦になると信じていたのに、一向に弥十郎との婚儀が進まないことに苛立《いらだ》ち、一時は武芸で身を立てようとした梢に、栄三郎は剣の手ほどきをしたことがある。

それは梢の気持ちがまるでわからぬ弥十郎が、妹のようにかわいがってきた梢に武芸をやめさせようとして栄三郎に頼んだことがきっかけであったのだが、その時の栄三郎の機転で結局二人は結ばれることになる。

その辺りの機微《きび》を弥十郎は今ひとつわかっておらず、栄三郎に対して相変わらずわかったような口を利き、あれこれ蘊蓄を語る間の悪さを見せていたが、梢は違う。

同心の妻女となった今も、栄三郎を先生と敬《うやま》い、感謝の念を忘れていないのだ。

「何だよ、栄三先生かよ。今日は非番なんだぞ、まったく何しに来やがったんだ……」

などとぶつぶつ文句を言う弥十郎を、

「御用がおありで参られたのでしょう。早《はよ》うお出ましなされませ」

と追い立て、栄三郎の前へ連れてきた。

梢の顔色を見て、弥十郎はたちまち優しげな声に変わり、

「今日はどんな用を持ってきたんだい……」

とことさら親切に応対した。

――この蘊蓄おやじめ、きれいに女房の尻に敷かれてやがる。

栄三郎は苦笑いを浮かべつつ、

「この前、旦那に言われた通り、河村文弥を誉めてやりましたよ」

「おう、そうかい。栄三先生の弟弟子は、あれからまた方々御救小屋を廻っているようじゃねえか。見上げたもんだ」

「それが、ちっとばかり度を越しておりましてね……」

栄三郎は河村文弥こと岩石大二郎が、一人狂言にのめり込んで座を追われそうになっていることを伝えた。

「なるほどなあ。さもあろうよ。己が本分が疎《おろそ》かになっちゃあいけねえな。こいつは子供たちにも教えてやるべきだ……」

「実は、色々と吹き込むいけすかねえ野郎がおりましてね……」

今にも弥十郎の蘊蓄が口から出てきそうなので、栄三郎は早速、国学者・辻元恭四郎のことに話題を移し、一通り話した後に件の似顔絵を差し出した。

「そうかい、駒吉がこの男に見覚えがあるとな……」

駒吉の過去を知る前原弥十郎である。似顔絵を見る目に八丁堀同心の鋭さが宿った。己が屋敷であるから、妻・梢に好いところを見せてもおきたい。

「駒吉が見覚えのある男なら、もしかってこともある。わかった。こいつはおれが預かっておくよ」

弥十郎は恰好《かっこう》をつけて、少し意気込んだ。

「やはり前原の旦那に頼んでよかった……」

栄三郎はうまくおだてておいて、

「言っておきますが旦那、河村文弥……岩石大二郎は何も怪しいことはしておりませんので、何があっても奴に傷をつけねえでやってくださいまし……」

と、強い口調で念を押した。

「わかっているよ……。栄三先生のかわいい弟弟子が、おかしなことに巻き込まれねえようにすりゃあいいんだろう」

「何卒、そこのところをよしなに……」

「承知致した。ふッ、ふッ、取次の仕事か何だか知らねえが、お前は優しいねえ……」

からかうように言った弥十郎を、

「秋月先生はお優しゅうござりまする。そのことをからかうように申されますな」

手ずから茶菓《さか》を運んできた梢が叱《しか》るように窘《たしな》めた。

まさしく〝瓢簞《ひょうたん》から駒〟というべき、駒吉の言葉に端を発したこの似顔絵騒動は、とんでもない事件として、やがて展開していくことになる。

新妻・梢の手前、珍しく素直に方々の目明かしや手先たちの間を巡って件の似顔絵を見せた前原弥十郎であったが、その内の二人が、

「そういえば見覚えがある」

駒吉と同じことを言ったのだ。

当たりがくれば弥十郎にも俄然熱が入る。

柳島橋の貸本屋に入れ替わり立ち替わり、南町奉行所に奉公をする手先たちを動員して探りを入れたところ、あの貸本屋の主人は〝小店《こだな》の島三《しまぞう》〟という盗人《ぬすっと》ではないかということになった。

となると、辻元恭四郎というのはいったい何者なのか――。

慎重に探索が進められ、南町奉行・根岸肥前守の手回しによって、火付盗賊改方《ひつけとうぞくあらためかた》からの情報提供の協力などもあって、小梅村の国学塾は徹底的に見張られることになった。

かつて盗人仲間に身を投じ、今は奉行所の手先となっている者たちが、入れ替わり立ち替わり辻元の姿を見て、心当たりがないか探るのである。

そして、今しばらくの間は、小店の島三らしき男を泳がせておこうということになった。

「栄三先生、こいつはひょっとしたら、大したお手柄かもしれねえぞ」

弥十郎は手習い道場に立ち寄っては栄三郎に探索の様子を伝えてくれたが、栄三郎はまるで落ち着かなかった。

お上の手が入ることによって、又平と駒吉は見張りから外れることになった。二人がいると手先が敵か味方かで混乱する恐れがあるからだが、栄三郎にしてみれば何やら落ち着かず、せめて岩石大二郎の動きにだけは又平と駒吉の見張りをつけさせてもらいたいと前原弥十郎に願い出て、これを許された。

そして、相変わらず河村文弥は彼の信念で方々の御救小屋を廻っていたのだが、さすがに御救小屋の方も新たな落ち着き先が決まった者、身寄との劇的な再会を果した者なども出始め整理されてきて、一人狂言の需要も一気に減り始めた。

人というものは勝手なもので、初めのうちは悲惨な精神状態から少しでも逃避しようと、あらゆる気晴らしを望んだが、少し気持ちに平穏を取り戻すと、看板役者でもない河村文弥の一人狂言などには興味を示さなくなってきた。

「きっちりとした舞台のある芝居を観たいものだ」

「一人狂言などを観ていると、何やら気持ちまでがさもしくなってくるよ……」

などという声もちらほら囁《ささや》かれるようになってきた。

おまけに鳴物で付き合ってくれていた八弥も、師である直弥を放っておいて文弥に付き合ってもいられず、近頃では〝大松〟の舞台に戻っているから、大二郎としては満足に一人狂言を見せることさえできなくなってきていた。

この月の芝居を休んでいる大二郎は〝大松〟に行くわけにもいかずに、大川《おおかわ》橋南東の長建寺《ちょうけん》にある寄宿先の小屋に閉じ籠《こ》もって、新たな芸を考えていることも多くなった。

となると、大二郎を激励していた辻元恭四郎の姿も、大二郎の周囲では見られなくなった。

夜、手習い道場の居間で又平と駒吉からの報告を受ける栄三郎は、日々人生という舞台で〝一人芝居〟をしてしまっている岩石大二郎に想いを馳《は》せつつ、辻元が何故《なにゆえ》大二郎に近づいたのかを考えていた。

もしも辻元が、小店の島三と共に何か悪事を企てている悪党だとしたらどうであろう。

辻元は評判が立つ河村文弥の一人狂言を称えることで、国学者としての恰好をつけ、世間からの信用を得ようとしていたのか――。

しかし辻元が悪党ならば、人の集まるあのような場には出たがるまい。何かもっと別の悪巧みに河村文弥を利用しようとしているのに違いない。

――それがいったい何なのか。

何がさて、岩石大二郎は世直しの目標を失いかけて悩み始めている頃ではないか。

一度長建寺を訪ねてやろうかとも思ったが、今行けばかえって強がりを言うかもしれ

ぬと控えるうちに、

「大二郎さんに何やら文を届けた野郎がいるようですぜ……」

長建寺の大二郎を見張る又平から、そんな報せが入った。

胸騒ぎを覚えた栄三郎は、又平と共に自らも長建寺へ出向き、いつも大二郎が出入りする時に使う裏手の道脇の木立に潜んで様子を窺った。又平が栄三郎の許へ報せに行った後も駒吉が見張っていたのだが、駒吉の話ではまだ大二郎は己が住まいにいるようだ。

やがてすっかりと日も暮れて、寒々とした風が木立を揺らし始めた頃――。

大二郎が寺の内の住まいから出て、裏道へと出てきた。

今日は小脇差を腰に帯び、袴をはいている。すでに捨ててしまったはずの士分を今宵《こ よい》は表に出しての外出《そとで》なのであろうか。

ともなれば、役者を捨てるという意志の表れなのであろうか――。

栄三郎は又平、駒吉を巧みに配し、大二郎を追った。

大二郎は大川橋を渡ると、浅草寺《せんそう》雷門《かみなりもん》の前の通りを南へと歩き、やがて正覚寺《しょうかく》門前の料理屋へと姿を消した。

そこは正覚寺の境内《けいだい》と的場《まとば》が隣接する辺りで、浅草の喧騒がうそのように思われる寂《さび》しい所であった。

「さて、どこで奴を待ち受けようか……」

栄三郎が路地の陰で又平と駒吉に呟いた時――。

「栄三先生……」

低く圧し殺した声が闇の中から聞こえた。

「竹茂《たけしげ》の親分かい……」

聞き覚えのある声の主は、前原弥十郎の下で岡っ引きを務める竹屋の茂兵衛《もへえ》であった。

日頃は京橋竹河岸で〝竹茂〟という荒物屋を営《いとな》んでいるのだが、尾行の腕に関しては絶妙の技を持っている。

秋月栄三郎とは何度も取次から繋がる事件で顔を合わせていて、日頃から親交があった。

「もしや、河村文弥さんのあとをつけてきたんですかい」

茂兵衛が囁くように訊ねた。

「そうだが、この料理屋にはひょっとして……」

「へい、辻元恭四郎が弟子二人と中へ……」

「やはり、そうか……」

どうやら南町の探索は大詰めを迎え、ついに辻元恭四郎の化けの皮がはがれたようだ。

「そうして、あの二人は見張り役ってところじゃあねえですかねえ……」

茂兵衛は的場の板塀《いたべい》の陰へと栄三郎たちを誘《いざな》った。

料理屋の外を往き来する新内《しんない》流しの二人組の姿が見える。

「あれで新内流しに化けているつもりのようですが、三味線を持つ手が様になっておりやせんし、まるで弾《ひ》く気配もなくこの辺りをうろうろしているところを見ると、まさしく辻元の手下ではねえかと……」

「なるほどな。で、親分は一人かい」

「いえ、方々に散らばっておりますよ」

「そいつは知らなかった。人をつけていると、自分がつけられていることに気がつかねえもんだな……」

栄三郎は苦笑して、料理屋をそっと窺った。

よく見ると、料理屋といっても気の利いた庭のひとつもない、飾り気のない小さな店である。

「忍び込むのも無理なようだ。又平、念のため新兵衛を呼んできてくれ」

「へい……」

又平はたちまち闇の中へ消えた。

「松田先生をこれへ……。こいつは頼もしいや」

暗がりの中で茂兵衛の白い歯が浮かんだ。

六

「よくぞ参られたな、岩石大二郎殿……」

料理屋の一室で辻元恭四郎は二人の弟子を従え、いかにも憂国の士といった地味めの木綿《もめん》の紋服に身を包んだ出立ちで、大二郎に熱く語りかけた。

世直しの行動を起こすにも金がなく、一人狂言の奉仕も飽《あ》きられてきた今、大二郎は一時義挙に舞い上がっていた自分の無力さを思い知らされて、いささかふさぎ込んでいた。しかし、辻元のこの言葉を聞くと、再び体内に熱いものがこみあげてくるのを覚えた。

「どうです。そろそろ何か新しいことをしてみたくはありませんかな」

辻元は自分の想いを的確についてくる。

「それはまあ、わたしで世の中の役に立つことができるなら……。と申しましても、武士を捨て役者になった身に、今さら何もできませぬ……」

大二郎はこのところの暮らしぶりを素直に伝えた。

「よくわかります。人というものは欲の塊《かたまり》で、好い想いをするともっと好い想いをしたくなる。一人狂言などつまらぬ、と勝手なことを言い出す者とて出てまいりましょう」

「はい……」

「だが、それも人々の心が貧しいゆえのこと。許しておあげなされ」

「それはもう……」

「人の世が、どうしてこう殺伐《さつばつ》とし始めたのでござろうな」

「それは、何事も金で物を買える世の中になったがためかと」

「左様、さすがは大二郎殿、武士の出じゃ。道理がおわかりじゃ。金があれば何でも買うことができる。どんなに卑《いや》しい者でも、金さえあれば人を見下し、偉ぶり、のうのうと暮らすことができるというわけだ」

「しかし、わたしは金で買えぬものが世の中にはあると信じとうございます」

「よくぞ申された。この恭四郎もそのように信じている」

「はい」

「だが、金そのものが悪ではないはずだ。金があれば困っている人を救うこともできよう。大事なことはその金を使う人間の心だ」

「いかにも左様で。稼いだ金を世のために役立てればよいものを、これを徒《いたずら》に貯め込み、出そうとせぬ金の亡者《もうじゃ》が多うございます」

「うむ、そうして貯め込んだ金で、人の心を操《あやつ》り、人を踏みつけにして好き勝手をする……。これはもう鬼ではないか」

「鬼……」

大二郎は辻元の言葉のひとつひとつに感銘を受けた。役者の贔屓筋にも、そういう鬼は幾人もいた。

鬼たちは芝居を楽しもうとするのではなく、役者をかしずかせることで己が威を誇り、鬼同士の醜《みにく》い交流の道具にせんとして役者を贔屓にするのである。

「大二郎殿の周りにも数多鬼はいるであろう」

「はい、それはもう……」

「たとえば、薬種屋の富津《ふっ》屋などは許しがたい者だな……」

「あ……」

　思わず大二郎は呻《うめ》いた。辻元に言われてまず頭に思い浮かんだのが、まさしく富津屋であったからだ。

「確かあの奸賊《かんぞく》は、大二郎殿のお師匠の河村直弥殿の贔屓であったはず」

「贔屓と申しましても、近頃お師匠様は富津屋からのご祝儀などは一切《いっさい》お断りいたしております」

　富津屋は悪辣《あくらつ》な薬種屋で、名薬を見かけるやこれを買い占めて値を吊《つ》り上げ、暴利を貪っていた。さらに、そうして稼いだ金をもって、裏では高利貸しをしている。病人を抱え薬代が嵩《かさ》み難渋している者に高利で金を貸す――これがために身を滅ぼし、中には娘が身を売った家もあるという。

　真に評判の悪い富津屋なのだが、主であった九郎右衛門《くろうえもん》が五年前に病死し、今は後家のおすえが店を切り盛りしている。そして、この後家がまた〝毒薬のおすえ〟と異名をとる鬼であった。

　四十過ぎの醜女《しこめ》なのだが、その分美しいものに惹かれるのであろうか、大の芝居好きで、三座から宮地芝居までその範囲は止まるところを知らぬ。

　何といっても範囲を広げねば、いくら贔屓にしてやるといっても役者の方が寄ってこないからだ。

やがて富津屋の後家は〝大松〟の河村直弥にいたく執心《しゅうしん》するようになり、直弥は昔からの贔屓に頼まれて、断りきれずに何度か富津屋の宴席に出たことがある。

しかし、人を人とも思わぬ乱痴気ぶりに閉口させられ、近頃では頑なに誘いを拒《こば》んでいた。

すると、おすえは弟子を籠絡《ろうらく》して直弥と繋ぎをとろうとして、何度も大二郎の許に人を遣わしてきた。師の供をして何度か宴席に上がった大二郎は、特におすえに気に入られていたのである。

もちろん大二郎はこれらの誘いにはまったく乗らなかったが、毒薬のおすえはいまだに直弥への執心を捨てていないようである。

そして今、辻元から富津屋の後家の話を持ち出され、改めて嫌悪が湧《わ》きあがった。

「どうだね大二郎殿、あの鬼を退治して、鬼が島から宝を奪い、貧しき者たちのために使ってみぬか……」

辻元はそんな大二郎を真っ直ぐに見つめた。

「鬼退治……」

「そなたを見て思いついたのだ。そういえば、あの富津屋の後家は河村直弥贔屓であった……」

「わたしに、何をお望みなのでございますか」

「我らの同志として世直しに加わってもらいたいのだ。何、そなたに危ない真似はさせぬ」

辻元は二人の弟子と共に膝《ひざ》を進めた。

「しかし、世直しとはいえ、先生がお考えになっていることは富津屋から金を盗み出すことではござりませぬか」

「左様……。金というものはあるべき所にあってこそのもの。我らがそれを入れ替えるのだ。まず世直しの手始めとして……」

「それはわかりまするが……」

「大二郎殿は何度か富津屋の奥座敷へ行ったことがあるはず。まず絵図面を次に会う時までに作っていただきたい。そして、河村直弥との間を何とか取り次ぎたいと言って、夜に富津屋の後家を訪ねる。後家もそなたになら気を許すであろう。揚げ戸の潜《くぐ》り戸《ど》を開けたところを待ち受けて我らが押し入る……」

「しかし、わたしが手引きしたとなれば、お師匠様に迷惑がかかります」

「なに、河村文弥の名を騙《かた》った者が店を訪ねた……。その夜のそなたの所在がはっきりするように手は打つ。人は役者狂いを狙《ねら》われたと思うであろうよ」

「しかし……」

「しかし、しかし、しかし……。これでは何もできぬ」

「先生はわたしが富津屋の後家に気に入られていることを知っていたがゆえに、一人狂言を観てくださっていたのですか……」

「それは違う！　わたしは火事で焼け出された人の心を慰めるそなたの義侠《ぎきょう》に心打たれたのだ。それゆえそなたを同志と見極めたのだ。秘事を打ち明けた上は、何が何でもやってもらうぞ……」

辻元はやがて強い口調で大二郎に迫った。

鬼を退治て宝を奪う――桃太郎になるのだ。それのどこが悪事であろう。

そんな想いが大二郎の頭を一瞬よぎった。


料理屋へ入って二刻（約四時間）の後、岩石大二郎は店を出て一人ふらふらと帰りの道へついた。

その胸の内は靄だらけであった。

人を信じる心と疑う心。真の正義とは、人助けとは何か――そんな想いが胸に充ちていた。

辻元の同志になることに曖昧《あいまい》な返事をしたものの、自分一人で決める事柄としては、武士を捨て役者になる時よりもさらに重かった。

どこをどう歩いたか覚えていない――気がつけば大川橋の上にいた。

「何だ、しけた面《つら》をしているじゃねえか……」

呼び止められて正気に戻った。

振り返ると、やや面長《おもなが》の顔の中で切れ長の目が笑っている。

「秋月さん……」

そこには秋月栄三郎が立っていた。

途端、大二郎の体の奥底から、言い知れぬ安堵《あんど》の想いがこみあげてきた。

今気付いた。おそらく自分がこの世で一番会いたかったのが秋月栄三郎であったことに。

「お前も鍛え直さねえといけねえな……」

栄三郎は淡々と語った。

「おかしな野郎につけられているのにまるで気付かねえとはな……」

「わたしがつけられていた……」

大二郎は目を丸くした。

「ああ、新内流しの恰好をした二人の男にな」

「何と……」

「おそらくは辻元恭四郎の手の者に違いなかろう。お前が裏切らねえか、見張りをつけたんだろうよ……」

「わたしに見張りが？」

「心配はいらぬよ。松田新兵衛がそ奴らを捕らえて、今頃は役人に引き渡しているはずだ」

「松田さんが……」

大二郎はますます目を丸くした。

「後で新兵衛に怒られるから覚悟しておけよ。奴はこう言っていた。大二郎の奴め、人助けをしてもてはやされて好い気になって、よからぬ奴にたぶらかされよって、とな……」

「秋月さん、では辻元先生は……」

「さて、お前をおだてやがった国学者の正体など知りたくもないが、竹茂の親分に言わせると、国学者とは世を欺《あざむ》くための方便、その実は久しぶりに江戸へ戻ってきた

〝説法四郎兵衛《せっぽうしろべえ》〟という坊主崩れのいかさま野郎だって話だ。ふッ、さすがは坊主だな。説法はお手のものってわけだ……」

「何ですって……？」

一瞬頭をよぎった辻元恭四郎への疑いを、秋月栄三郎は何もかもお見通しだと言わんばかりに、それでいて実に心地よく語りかけてくる。

「昔、こんなことがあったな……」

そして栄三郎は大二郎と大川橋を並んで歩きながら、今度は懐《なつ》かしい話をし始めた。

「覚えているか。上野広小路《うえのひろこうじ》の水茶屋にお輝《てる》という女がいて、これが随分と好い女だとお前が噂を仕入れてきた……」

「そんなことがありましたっけねえ……」

「あったんだよ。それでおれとお前はお輝見たさに、互いに世話になった人が病に臥《ふ》せっていると風の頼りに聞いたので見舞いに行きたいと岸裏先生にうそをついて、稽古を抜け出して上野広小路へ行った……」

「思い出しました。先生は見舞いに行くとはよい心がけだと申されて、小遣いまで下さいました……」

「そうだよ。それで水茶屋で遊んで帰ってきたら、岸裏先生がよく恩を忘れずに見舞いに行ったなと誉めてくださった。そうするとお前は先生を騙《だま》したことが辛《つら》くなって、泣きながらうそをついてしまいました！　と先生にすべてを打ち明けた」

「そうでした……」

「お蔭でおれはお前をそそのかしたように言われて、一日中素振りをさせられた」

「あの時はすみませんでした……」

「ふッ、ふッ、お前は人にうそがつけねえ、馬鹿がつくほどの正直者だとつくづく思ったよ……」

「秋月さん……」

喋《しゃべ》るうちに大二郎の心の内は軽くなり、声に涙が交じってきた。

「秋月さん、わたしはとんでもないことをしてしまいました。正義というものを取り違えて悪い奴らの仲間に……」

「仲間になると見せかけて、奴らの動きを探ったんだろ」

「いえ、わたしは……」

「そういうことだろ……！　後で役人に、連中が何を企てていたか話してやるがいいさ。明日にも連中はお縄にかけられるようだぜ」

「わたしは、わたしは……」

大二郎は何か必死で喋ろうとしたが声にならなかった。

「お前は正直で優しい男だから、御救小屋にいる者たちに何かしてやりたくて堪らなくなったんだろうが、おれはこう思うんだ。周りに不幸せな者が大勢いると、何かしなけりゃあならねえ気分になるもんだ。だがな、そもそも半人前があれこれしゃしゃり出たって、大した幸せを与えてやることはできやしねえ。そんなことはお上に任せておいて、不幸せな人のことを思って、手前《てめえ》の本分を一所懸命努めることが何よりも大事なんじゃねえかってな。そうして一人前の男になりゃあ、自《おの》ずと世のため人のためになることも生まれてくるってもんだ……」

「はい……」

頑なに思い詰めていた岩石大二郎の、心の内の固い扉《とびら》が音をたてて開き始めた。同時に、立ち込めていた靄が晴れていくのが大二郎にははっきりとわかった。おもしろいように人の言葉が胸に沁《し》みて入ってくる。

「わたしは、ただ一人で芝居をしていたんですね……」

「そういうことだな……。大二郎」

「はい」

「お前、すぐに直弥さんのところへ行って頭を下げろ。お前がいつものように泣きついてくるのを、座頭も待っているに違《ちげ》えねえよ」

「ありがとうございます……。そう致します……」

大二郎の目から大粒の涙の滴《しずく》がこぼれ落ちた。

「まったくお前は、相変わらず泣き虫だな……」

ふっと栄三郎が笑った時——。

二人はやっと大川橋を渡り終えていた。

第三話　情けの糸

一

「又公《またこう》！　お前が余計なことを言うから指を切っちまったよ！」

「何でもかんでもおれのせいにするんじゃあねえや……」

すっかりと江戸の町が冬の寒さに冷やされてきたある日の昼下がりのこと。

京橋を北に渡った東の袂《たもと》にある居酒屋〝そめじ〟では、店の女将《おかみ》・お染《そめ》と又平との
相も変わらぬ口喧嘩《げんか》が始まっていた。

今日は朝から珍しく店を開けていたので、

「まあ、気は心だ。少しでも銭《ぜに》を落としてやろうじゃあねえか……」

と、秋月栄三郎が言うので渋々《しぶしぶ》供をした又平であったのだが、

「ああ、早い時分から馬鹿の顔を見ちまったよ……」

と、いきなりの一撃を浴びて、

「ふん、どじょうがうなぎの子供だと思い込んでいたお前に、馬鹿だなんぞと言われ
たかねえや」

早速やり返して、そこからいつもの罵《のの》り合《し》いへと発展したのであるが、言い合うう

ちに葱《ねぎ》を切る手元が狂って、お染が包丁で指を切ってしまったというわけだ。

「豆腐《とうふ》汁を赤く染めるんじゃあねえぞ……」

何かと言うと嚙《か》みついてくるからこんなことになるんだ——又平は様《ざま》ァ見やがれといった様子でからかうように声を投げかけたが、板場から出てきたお染の指はかなりの鮮血に染まっていた。

「何でえ、深く切ったようだな」

栄三郎が顔をしかめるお染に慌《あわ》ててにじり寄ったので、又平は口を噤《つぐ》んだ。

「ああ、又公のお蔭でひどい怪我《けが》をしちまったよ……」

男勝《まさ》りで気風《きっぷ》の好さが身上のお染であるが、そこは女である。自分の指から血が溢《あふ》れ出ているのを見るとたちまちしおらしくなる。

又平への憎まれ口も元気がなかった。

「おれのせいにするなよ……」

又平もまた人の好い男であるから、お染の怪我を見ると言い返す言葉の調子も弱くなる。

店にはちょっと遅めの中食《ちゆうじき》をとりに来た〝善兵衛長屋〟の住人・彦造《ひこぞう》、長次《ちようじ》といった連中がいて、心配そうな目を向けた。

一杯ひっかけに来ては遠慮のない口で日頃の行いを詰《なじ》られる連中ではあるが、酒も食い物も安く、快《こころよ》くつけに応じてくれるお染に店を休まれると困るのである。

「こいつは医者に見せたほうが好いな……」

栄三郎はお染の指の傷を見て言った。

「やっぱりそうかねえ、せっかく豆腐汁をたんと仕込んだってえのにさ」

「汁と飯をよそうだけなら誰にだってできるさ。又平、ちょっとの間、店の番をしておやりな」

「え、あっしが……」

「店を閉めちまったら、お前、鍋一杯の豆腐汁を食わにゃあならなくなるぜ」

「そうだよ、又公、うちは商売あがったりなんだから、後は頼んだよ」

「どうしておれがこんな目に遭《あ》わねえといけねえんだよ……」

しかめっ面《つら》の又平に留守を頼んで、それから栄三郎はお染を町医者の土屋弘庵《つちやこうあん》の許《もと》に連れていってやった。

その医院は中《なか》の橋《はし》の北詰にあり、居酒屋〝そめじ〟からはほど近い。

土屋弘庵は背中に般若《はんにゃ》の彫りものがある変わり種の医者である。

かつては町場の暴れ者であったのが、栄三郎の剣の師・岸裏伝兵衛に諭《さと》され道場に入門した後、傷の手当の巧《たく》みさを称された。そしてついには医術を学び始め、やがて医院を開くまでになった。

それゆえに、岸裏門下の栄三郎とは旧知の仲なのだ。

「そういえば、このところ弘庵先生の所へ顔を出していなかったな」

町の貧しい者たち相手にいつも忙しい医院のことである。邪魔をしてはいけないという気持ちが先に立つ。

「お染、好い具合に指を切ってくれたな」

「おかしなありがたがりようだねえ……」

ふっと笑うお染の声も落ち着いてきた。

お染もまた医者嫌いでありながら、土屋弘庵の医院を一度訪ねてみたいと思っていたところであった。

「捨吉《すてきち》の奴、しっかりと努めているのかねえ……」

弘庵の弟子として医術の修業を積んでいる捨吉という若者のことが気になっていたのだ。

「心配はいらねえよ。あの無法者だった〝山犬の捨吉〟も、今じゃあ患者に手を合わされる男になったと噂《うわさ》を聞いているよ」

栄三郎はにこやかに応《こた》えた。

二親にはぐれ盛り場でよたっていた子供の頃の捨吉を、お染は深川辰巳《たつみ》で芸者をしていた頃に拾って面倒を見てやったことがある。

しかし、それも束の間《つかま》、捨吉はお染の許からとび出し、町のやくざ者となった。

そして再会した時には、捨吉は非情な借金の取り立て屋として暴れ回る町の鼻つまみ者となり果てていて、お染は随分《ずいぶん》と胸を痛めたものだ。

それが、土屋弘庵の許で医術の修業を始めるまでには紆余曲折《うよきよくせつ》があったものの、これはみな秋月栄三郎が同じような境遇から医者になった土屋弘庵と捨吉の間を巧みに取り次いだことによる。

当然のごとく、栄三郎もまた弘庵だけに止《とど》まらず、捨吉の顔も見ておきたかったのである。

とはいうものの、何よりもお染の怪我が心配でついてきたのだという姿勢を崩さない秋月栄三郎という男の心地《ここち》よさが、今お染の指の痛みを和《やわ》らげている。

「おお、これは嬉《うれ》しい人が来た……」

医院に着くと、中から筒袖《つつそで》の袷《あわせ》に裁着袴《たつつけばかま》姿の弘庵が出てきて、無精髭《ぶしようひげ》だらけのいかつい顔を綻《ほころ》ばせた。

ちょうど医院に居座る暇潰《ひまつぶ》しの老婆二人を追い立てていたところであったのだ。

「日々、お忙しいと思いまして、すっかりと無沙汰《ぶさた》をしておりました……」

栄三郎がお染と共に頭を下げると、

「これは御両人！　よくぞおいでくださいましたね……」

弘庵の言葉に反応して、たちまち栄三郎とお染の姿を認めた捨吉が中からとび出してきた。

弘庵と同じ姿をして、すっかりと医師の弟子といった様子になっている捨吉を見て、栄三郎とお染は顔を見合わせて笑った。

「あんまり来たくはなかったんだが、ちょいと包丁で指をやっちまってね」

お染は左の人差し指を少し掲げて見せた。巻きつけた晒《さら》しが赤く染まっている。

「これはいかぬな。捨吉、診《み》て進ぜなさい」

弘庵がこれを見て、二人を医院に請《しょう》じ入れながら言った。

「え？　捨さん、お前が診てくれるのかい……」

お染はからかいつつも、本当に不安な表情を浮かべた。

「姐《あね》さん、そりゃあないぜ。これでも切り傷の手当にかけちゃあなかなかのもんだと、先生に誉《ほ》めていただいてるんだ……」

捨吉はむきになって応えた。

「本当なのかい」

「ああ、本当だよ。そうですよね先生……」

捨吉は弘庵を祈るように見た。

「捨吉の言う通りじゃよ……」

弘庵は安心するようにとお染に言った。

鉄火場《てっかば》を潜《くぐ》ってきた捨吉は切り傷や血を見るのに慣れている上に、さっさと手際よく傷の手当ができる器用さを持ち合わせているらしい。

外科の施術は、学問が優秀であるばかりではできない。手先の器用さと、ある種の度胸が求められるからである。

「それゆえ、捨吉には見込があるというわけでな……」

弘庵の言葉に、医院を手伝いに来ている娘・おりんが薬を調合しながらにこやかに頷《うなず》いた。

おりんは真裏の長屋で母親と二人で暮らしているのだが、子供の頃から耳が聞こえないという障害を抱えていた。

その分、おりんが無言で頷くと妙に納得させられる。

医院は一段落がついたところのようで、今患者はお染だけになっていた。

「お染、とにかく捨吉に傷口を見せろよ……」

栄三郎が宥《なだ》めるように言った。

「わかったよ……」

お染はそっと晒しを解《ほど》いた。

「とは言っても、まだ医者の見習いになって一年もたってないんだから、そりゃあ不安になるってものさ……」

往生際《おうじょうぎわ》が悪くぶつぶつと文句を言うお染の手を取って、捨吉は傷口をじっと見た。

「う〜む、姐さん、これはなかなか傷が深い。縫合《ほうごう》したほうがよいかもしれませんね」

傷を見ると、捨吉の口調も医者らしいものになった。

大したものだと栄三郎は感心したが、

「縫合……？」

お染はきょとんとした表情となって捨吉を見た。そもそも医者嫌いのお染は、難しい言葉が出ただけで身構えてしまうのだ。

「はい、縫合……。縫《ぬ》い合わせるということです……」

「縫い合わせる……？　傷口を糸で……」

「そうです……」

「帰らしてもらうよ！」

お染は真っ青な顔となって立ち上がった。

「まあ待てよ……。医者の話は最後まで聞くもんだ……」

栄三郎はお染を抱き留めると、再び土間の床几《しょうぎ》にかけさせた。

「何てこと言うんだい！　傷口に針を刺して縫うなんて、こいつは拷問《ごうもん》だ……」

吠《ほ》えるお染を見て、捨吉は笑い出した。

「冗談ですよ……。まず、これくらいの傷なら、薬を塗ってしっかりと傷口を縛っておけば大丈夫でしょう」

「何だって……。この馬鹿！　女をからかうんじゃないよ！」

ほっとした拍子《ひょうし》にいつもの威勢がとび出したお染を見て、栄三郎と弘庵も噴《ふ》き出した。おりんは満面に笑みを浮かべている。

「いや、勘弁してくださいよ。姐さんがあんまり真剣な顔をするから……」

捨吉は怒るお染を宥めすかして、手際よく傷の手当を進めていった。

「まったく捨さん、お前は心を入れ換えて医術を学んで立派な医者になるなんて言いながら、真面目《まじめ》にやっているのかねえ。だいたい患者をからかうなんて、ひどい男だよ……」

その間もお染の口は休みなく動いていたが、捨吉にとってはそれが狙《ねら》いであったようで、医者嫌いのお染を怒らせ、その元気を巧みに引き出して、治療への恐怖心を取り除いたのである。

「はい、姐さん、終わりましたよ……」

やがて捨吉はにっこりと笑った。

ちょっと前までは絶えず眉間《みけん》に皺《しわ》を寄せて肩で風切って歩いていた男が、大した変わりようである。

「ああそうかい、もう終わったのかい……」

お染はいささか呆気《あっけ》にとられた様子で、しっかりと包帯を巻かれた左の指を見た。

「ふッ、ふッ、捨吉、お染が手当を怖がらぬように、傷を縫うなんぞと冗談を言ったわけだな。なかなかやるじゃあねえか」

栄三郎は捨吉を手放しで誉めた。

「ヘッ、栄三先生には敵《かな》わねえや……」

捨吉は再びくだけた口調になって頭を掻《か》いた。

「なんだ、そんなことかい。言っておくけどわっちは指の傷くらい何ともないんだからね。みくびるんじゃないよ。だいたい、傷を縫うなんて芸当が捨さんにできるわけがないんだ……」

お染は強がりを言ったが、

「傷口の縫合くらい、おれにだってできるよ」

と、捨吉は胸を張った。

話を聞くと、先日、破落戸《ならずもの》同士の喧嘩で、匕首《あいくち》で背中をざっくりと斬られた男が運び込まれて、

「どうせ日頃は人の役に立つこともない男だ。思う存分縫合の稽古《けいこ》をさせてもらうがよい……」

弘庵は男にたらふく酒を飲ませ押さえつけると、捨吉に傷口を縫わせたという。

男が叫ぼうが暴れようが怯《ひる》まず動ぜず縫合を終えた捨吉に弘庵は満足したし、捨吉も男が一命をとりとめたことで医者になる上での自信をつけたようだ。

捨吉の以前が以前だけに、あれこれ心配をしていた栄三郎とお染であったが、捨吉はすこぶる陽気で元気に医術を学び、実践をこなしている。

「捨吉、お前は大したもんだ。おれは感心したよ……」

栄三郎はぽんと捨吉の肩を叩《たた》くと、これに大きな相槌《あいづち》を打ったお染を促《うなが》して立ち上がった。

捨吉はちょっとおどけたような顔で頷いて、もう帰っちまうのですかと二人を引き止めたが、そこへ長屋の女房が足に火傷《やけど》を負《お》った子供を抱えて走り込んできた。

それを機に栄三郎とお染は医院を辞した。

その時、弘庵が二人を見送りつつ、

「どうも元気がよすぎてな……」

ぽつりと言った。

栄三郎は小首を傾《かし》げたが、弘庵はそれ以上は何も言わずに、

「明日の今時分、往診の帰りに女将の店へ寄って、傷を診て進ぜよう」

お染を喜ばせると再び医院へと戻った。

「元気がよすぎる……か」

「若い男は威勢がよくなくっちゃあいけないよ」

すっかりと元気を取り戻したお染と並んでの帰り道、栄三郎はどうもこの言葉が気にかかった。

二

翌日。

朝からお染は〝そめじ〟を閉めて、土屋弘庵が立ち寄ってくれるのを待った。

左手の人差し指の傷は、縫うまでもないだろうとのことであったがなかなかに深い傷なので、今日は休んで明日からしばらくは夕方くらいに店を開け、手の込んだ料理などは拵《こしら》えぬつもりのお染であった。

日の高いうちは気まぐれで店を開けていたのが、

「朝から姐さんの店に暖簾《のれん》がかかっているのを見るとほっとするぜ……」

などとおだてられ、近頃は毎日のように早くから店を開けていた。

一年が終わりに近付いてくると、決まってお染は何やら落ち着かなくなる。それが独《ひと》りで暮らす身の侘《わび》しさであるとか、寂《さび》しさであるとかを、勝気なお染は認めたくない。

それゆえに、気分が落ち着かなくなれば店を開けておくに限るのだ。

店さえ開けていれば、あれこれだらしのない男どもをやり込めているうちに一日が終わってしまう。

だが、こうして怪我を負い店を閉めて家の中に引き込んでいると、自分は寂しいのではなく、実は〝心細い〟のだとつくづく思い知らされる。

――無理をしてでも開けておきゃあよかったかねえ。

などと思い始めた時に、秋月栄三郎が訪ねてきた。

「まったくおかしな男だよ……」

お染は本日閉店の店の中へと栄三郎を迎え入れると小さく笑った。

「何がおかしいんだ?」

「ちょうど退屈をしていたところだったんだよ。一人でじっと医者が来るのを待っているなんて、あんまり楽しくはないからね」

「はッ、はッ、そりゃあそうだな。いい暇潰しの相手が出来たとありがたく思うなら、熱いのを一杯もらおうか」

「あいよ……」

来てくれたのかい、ちょうどふさぎ込んでいたところなんだよ――などと言ってしおらしく迎え入れるほどお染は素直ではない。

店のつけも溜《た》めているのに、熱いのをつけろ、などと怪我人に平気で言ってくるこの男の来訪はかえってありがたかった。

まめまめしく立ち働いて、他愛《たわい》ない言葉を板場と小上がりの間で話すうちに、土屋弘庵がおりんを伴《ともな》ってやって来た。

「栄三殿……」

弘庵は栄三郎の姿を見るや、ほっと一息ついて頷いた。

「もしや、いるのではないかと思うていたよ」

「先生が何やら昨日の別れ際に、話したそうにされていたので」

「そうか、悟られていたか」

「捨吉のことでしょう」

「ふッ、ふッ、栄三殿はまったくおかしな男だ……」

弘庵が再び頷いた時、

「まったくおかしな男ですよ……」

板場からチロリを手にお染が出てきた――。

昨日帰り際に栄三郎の心に引っかかった、

「どうも元気がよすぎてな……」

と、弘庵が呟《つぶや》くように言った言葉には、やはり深い意味があった。

弘庵は土間の長床几におりんと並んで座って、お染に勧められるがままに燗《かん》のついた酒を一口含み、まず往診帰りで冷えた体を温めた。

そして、手早くお染の指の傷を診た後、

「余計なことは言わぬほうがよいと思ったのだが、やはり栄三殿と女将には伝えておきたくなってな……。帰りには〝手習い道場〟にも寄るつもりであったのだ……」

弘庵は捨吉についての気になることを話し始めた。

五日ほど前のことであった。

弘庵はおりんを深川の富川町《とみかわ》へと遣《つか》いに出した。

その前日、車載していた荷が崩れ怪我をした車力が弘庵の医院に運び込まれてきたのだが、その際医院に御守袋を忘れていった。それで、車力が住むという木賃宿に届けさせたのである。

しかし、後から考えてみると、深川富川町に建ち並ぶ木賃宿には、その日暮らしの人足や宿無しの博奕《ばくち》打ちなどがたむろしていることを思い出した。

ちょうど別の遣いで捨吉が出ていたのでついおりんに頼んだが、若い娘一人を行かせたことを不安に思い、捨吉が戻ってくるやおりんのあとを追わせた。

ぐれていた頃は深川をうろついていた捨吉のことである。富川町の気味悪さはよく知っている。

捨吉は無事、富川町の手前でおりんに追い着いて、おりんを人通りの多い武家屋敷近くの掛茶屋に待たせ、代わりに御守袋を届けた。

そして、木賃宿からおりんの待つ掛茶屋へ向かう道すがら、捨吉は四十絡《がら》みの女とすれ違った。

丈の短い羽織を引っかけて、首にはだらしなく襟巻《えりまき》をしているこの界隈《かいわい》には似合《にあ》いの、一見して堅気《かたぎ》には見えぬ女であった。

筒袖に裁着袴姿の若者が珍しかったのか、女は捨吉の姿をじろじろと見た。

捨吉はまるで相手にするつもりはなかったようだが、視線を浴びせられ、何げなくふっと女の方を見た。

するとその女はちょっと驚いたように捨吉を見返して、一瞬その場に棒立ちとなった。

「おかしな女だ……」

捨吉は怪訝《けげん》な顔を女に向けたが、何か心に思うところがあったのであろうか、女と見つめ合った瞬間、彼もまた棒立ちとなった。

そして、二人の姿は掛茶屋にいたおりんからはっきりと見えた。

その時――。

「おう、婆《ばあ》さん……、親分がお呼びだぜ」

捨吉と同じ年恰好《としかっこう》の若い衆が無遠慮に女を婆さんと呼んで、引っ立てるように連れていった。言葉の内容から察するに、若い衆は堅気ではなく、婆さんと呼ばれた女の素姓《すじよう》も窺《うかが》い知れるものであった。

しかしそれより早く、捨吉は女と若い衆には目もくれず、捨吉の姿を認めて掛茶屋を出て近寄ってきたおりんの傍《そば》へさっさと戻ってきた。

「おりんは口が利《き》けぬ分、目に入るものは何事も見逃さぬゆえ、捨吉を心配そうに見たという……」

弘庵が語る横でおりんは神妙に頷いた。

おりんは弘庵の唇の動きで、大よそ何を喋《しやべ》っているかわかるのだ。

すると、捨吉は随分と慌てた様子で小首を傾げるおりんに、

「やっぱりこの辺りはろくなもんじゃあねえな。今の女も怪しい奴だぜ。人のことをじろじろと見やがるから、睨《にら》み返してやったぜ……」

その場を取り繕《つくろ》うように言ったらしい。

「それからが、どうも元気がよすぎるのだ……」

妙に馬鹿話をしてみたりはしゃいでみたり——元々陰気な男ではなかったが、医院では黙々と仕事をこなしていただけに、おりんの心配も募り、同じく捨吉の様子がどうもおかしいと思い始めていた弘庵に、捨吉がいぬ間に富川町での出来事を文《ふみ》にして報《しら》せたのである。

「そうして、今も捨吉の元気のよさは続いているというわけだ……」

「言われてみれば確かにそのような……」

栄三郎は昨日の捨吉の様子に思いを巡《めぐ》らせた。

万事賑《にぎ》やかで、お染をからかってはしゃいでいたが、心の底から笑っていなかったような気もする。

「わっちはまた、土屋先生のところへ行ってから、随分と賑やかになったんだろうと思っていましたが、おりんちゃんの話を聞いていると、その、すれ違った女のことを知っていたんじゃあないか……。そんな気にさせられますね……」

お染は少し顔をしかめながら言った。

栄三郎、弘庵、おりんの顔も強張《こわば》った。ここにいる四人は同じことに思い当たっていたのである。

「栄三殿、捨吉は色々と危ない橋を渡ってきた男だけに、その女が何者なのかどうも気になる。捨吉に関わりのない女ならそれでよし。もしも繋《つな》がりのある女であれば、まず知っておきたいのだ」

「わかりました。その女の素姓を確かめてみましょう」

「すまぬな……。これは些少《さしょう》だが……」

取次の手間にと、弘庵は栄三郎の前に二両の金を置いた。

「先生、これは受け取れません。貧乏人の見立てをしてばかりでは何かと物入りのこと。そっちでお遣いくださりませ」

栄三郎は首を横に振ったが、

「まず収めてくれぬか。捨吉はわたしの弟子であるし、今では医院になくてはならぬ身となった……」

「いや、しかし二両もの金子《きんす》を……」

「その金は、ある大商人の往診をしてふんだくってやったものだ。遠慮はいらぬ……」

「なるほど、そういうことでしたか。それなら頂戴《ちょうだい》しておきましょう。これでこの店のつけを払うことができますよ」

と笑って、一両をお染の前に置いた――。

さらにその翌日。

栄三郎は手習いを終えると、又平を伴い〝そめじ〟でおりんと落ち合い深川へと出かけた。

三人の姿は、何《いず》れかの侍が下僕と下女を連れているように見えた。

深川富川町は小名木《おなぎ》川の北方、五間《ごけん》堀からほど近い処《ところ》にある。

周囲は武家屋敷に囲まれていてあまり目立たぬ一帯であるのだが、それだけに内に籠《こ》もった殺伐《さつばつ》さが一歩町へ入ると伝わってくる。

木賃宿の前を通ると、仕事にあぶれた者、元々仕事になど行く気すらない破落戸まがいの男たちが木賃宿の外にたむろして、異様な光景を醸《かも》していた。

とりあえず栄三郎は又平とおりんを引き連れて町をゆったりと回ると、あの日おりんが捨吉を待ったという掛茶屋に休んだ。

町の者たちは周囲を武家屋敷に囲まれていることであるから、とりたてて栄三郎たちの姿に気を取られることもなかった。

しかし、これまでの間、捨吉が行き合ったという件《くだん》の女の姿をおりんが認めることはなかった。

「あまり長い間うろうろしていられる処でもない。もう少しここで休んで、目にすることができねば今日は引きあげるとしよう」

栄三郎はゆったりとした口調で、唇の動きが読み取れるようにおりんに話しかけた。

おりんはたちまち理解して、力強く頷いた。

それでも栄三郎は、件の女はやがて現れると信じていた。

おりんの話を聞くに、女はこの界隈にべったりと縋《すが》るようにして生きているに違いなかった。

四十絡みで、やくざな若い衆に〝婆さん〟などと呼ばれている女のことである。どうせ若い衆の親分の小回りの用など務めて暮らしているのであろう。

「あの界隈で親分と言われる男なら、〝ほりかめ〟かもしれないねえ……」

かつて深川で芸者をしていたお染は、そんなことを言っていた。

〝ほりかめ〟というのは堀端の亀吉《かめきち》という木賃宿の主《あるじ》で、木賃宿に巣くう食いつめ者を使っては悪事を働くやくざ者であるそうな。

「今日は何やら喉《のど》が渇《かわ》くのう……」

侍姿の栄三郎が茶をもう一杯所望《しよもう》しようとした時、又平が栄三郎に近寄り、前方の

一膳飯屋から出てきた女を見て、

「あの女のようです……」

と囁《ささや》いた。

後ろの床几に控えるおりんを振り返ると、おりんはしっかりと栄三郎に畏《かしこ》まって見せた。

女はおりんが見た時と同じように、丈の短い羽織を引っかけ、首には襟巻をして、両の手を袖に隠しひょこひょこと道を行く。その顔はやつれていてまるで精彩がなかった。

「では又平、頼んだぞ……」

栄三郎は侍が家士に申しつけるようにして、おりんを伴い歩き出した。

「畏まりましてございます……」

又平は恭《うやうや》しく頭を下げると彼もまた歩き始めたが、その足は女の行く方を追っていた——。

三

女の正体は又平の調べによって容易に知れた。

その名はおふね――富川町の北の端にある、老爺《ろうや》が一人で営《いとな》むそば屋に間借りをしている。

お染の予想通り、おふねは堀端の亀吉一家に出入りしていて、栄三郎の見た通り強請《ゆすり》の種になりそうな噂話を亀吉に報せて小遣いをもらい、その日暮らしを続けているという。

強請の種とは、商家の旦那《だんな》の女遊びを調べあげたり、大家の放蕩《ほうとう》息子をいかさま博奕に誘い込んだりすることである。

真《まこと》にろくでもない女で、近頃ではあの婆《ば》ァに構ったら何が起こるかわからないと、この辺りの者は近寄りもしないらしい。

だが何よりも、栄三郎もお染も土屋弘庵も唸《うな》らざるを得ないのは、この女が十数年前捨吉を捨てた母親と同じ名であるという事実であった。

捨吉が四十絡みの女と町ですれ違い様、互いに棒立ちとなって見合った――。

このことをおりんから報された時、捨吉を知る者は皆、その女はまさか捨吉の母親ではなかったのかと思い至ったものだ。

一同は頭を抱えた。

せっかく山犬の捨吉が町医者の許で修業を重ね、今では傷の縫合までできるようになったというのに、生き別れになった母親と再会することで荒くれた心が戻らないか――。

そんな不安が胸を締《し》めつける。

捨吉は本所入江《いりえ》町の裏長屋の、版木職人の子として生まれた。

だが、父親は、捨吉がまだ幼い頃に女房子供を捨てて逐電《ちくでん》してしまった。理由は今でもよくわからぬが、おそらく惚《ほ》れた女が出来たのであろうと人は噂をしたらしい。

そしてそれからしばらくして、母親――つまりおふねもまた男と手に手を取って、捨吉を捨てて行方《ゆくえ》知れずとなった。

その名の通り二親から捨てられた捨吉は、盛り場をどぶねずみのように這《は》い回り、命を長らえた。

情け容赦《ようしゃ》のない取り立てで、相手が女であろうと髪を摑《つか》んで引きずり回す凶悪な山犬になったのも、すべては自分を捨てた親、とりわけただ一人になることを知りつつ自分を捨てた母・おふねへの憎悪からであった。

今は立ち直ったとはいえ、捨吉の心の奥底にあるおふねに対する憎しみは、誰にも理解できるものではなかろう。

開店前の昼間の〝そめじ〟で、栄三郎から又平が仕入れてきた件の女の事実を聞いた時、

「そうかい……、おふねというのかい……」

お染は深い溜息《ためいき》をついた。

そして往診にかこつけて再び〝そめじ〟を訪れた弘庵もまた、同じように嘆息した。

この三人は、いつか捨吉も自分を捨てた二親と再会する日がきて、胸の中に沈殿した恨みや憎しみを晴らすことができればよいと願ってきた。

だが、捨吉が弘庵の許で働き始めてから一年もたっていないのである。

彼の中では、まだまだ昔の話と割り切れるものではないと思われた。

「まずどうなのでしょうね……」

栄三郎が弘庵に問いかけた。

「捨吉は、富川町ですれ違った女が自分の母親だと気付いたのでしょうか」

母子とはいえ、捨吉がおふねと別れたのは十になるやならずの頃である。十年以上がたった今、町ですれ違っただけで己《おの》が母親だとわかるであろうか。

おりんに言ったように、筒袖と裁着袴姿の若造が珍しいのかじろじろと見られて、これに気色《けしき》ばんだ捨吉が睨み返しただけなのかもしれないではないか。

おふねとて、我が子とはいえすっかりと大人になって、長年の苦労によって精悍《せいかん》な顔つきとなった捨吉のことを一目でそれとわかるであろうか。

「今は偶然のことと思いたい。女の名がおふねというだけでは、まだ捨吉の母親であるとは知れぬ。今となっては捨吉の母親が何という男と逃げ、その後どのように暮らしていたかということなど調べようがないゆえにな……」

弘庵はしみじみとして応えた。

「だが、もしもそのおふねが捨吉の母だとして、互いに母子と気付かぬままふと歩みを止めて互いに見合ったとすれば、何やら因果な話じゃな……」

とにかく、今の捨吉の心情を確かめるのは師である自分の役目である。その様子次第で栄三郎にさらなる取次を頼みたい——そう言って土屋弘庵は医院へと戻った。

——さて、どうしたものか。

栄三郎、お染と別れた後、弘庵は何度も何度も唸り声をあげた。

──これは大病を治すがごとく難しい。

血は水よりも濃いという。ふっとすれ違っただけで、生き別れになって久しい親子がたちまち互いにわかり合うことがあったとて何の不思議もない。

しかし、捨吉が母親かも知れぬと思ったとして、再び会いたいと思ったかどうかは甚《はなは》だ疑わしい。

息子と偶然すれ違いながら、やくざな若い衆に呼ばれて捨吉には一言もなく去っていった女を、果して母であってほしいと思うであろうか。

しかも、男に走り幼い自分を捨てた母親が今は惨《みじ》めにうらぶれて醜《みにく》く生きていることを、裏道を生きたことのある捨吉は一目見てわかったであろう。

余計に憎悪が湧《わ》き上がり絞《し》め殺してやりたい衝動を、医術を学ぶことで得た理性で何とか抑えているのではなかろうか。

それゆえに、

「あの女が何者であろうと、おれに何の関わりがあるというのだ……」

と思い定め、心の内からその面影《おもかげ》をも消し去ってしまおうと、ことさら陽気に振舞っているのかもしれない。

弘庵としては、

「どのようなひどい親であろうと、お前はその腹の中から生まれてきたのだ。今となってはお前の母親も、昔のことを悔いているだろう。一目会って思いの丈を伝えてやるがよい……」

そのように弟子を諭すべきなのであろう。

だが、捨吉の身になって考えると、そんな言葉を投げかけることはためらわれてならない。

早くに二親にはぐれてぐれたのは、弘庵も同じであった。それゆえに捨吉の考えていることは何事もお見通しであるのだが、弘庵の二親は病で亡くなったのであって、弘庵を捨てたのではなかった。

二親に捨てられ、しかも最後に自分を捨てた母親は、町のごみのようになって暮らしている。捨吉の無念はいかばかりのものであろうか。その辛《つら》さはさすがの弘庵にも理解はできない。

——今は知らぬふりを決め込んで、遠回しに捨吉の気持ちを覗《のぞ》いてみよう。

思いは巡れども、結局はそっと様子を見ることに落ち着いてしまう。

いとも簡単に女の素姓を調べてくれた秋月栄三郎に感謝しつつも、おりんから話を聞いた時点で深く考えずに打ち捨ててよかったことかもしれぬと、弘庵は後悔すらし始めていた。

「はッ、はッ、そいつはいいや……！」

医院に戻ると、怪我をした大工の手当をする捨吉の笑い声が聞こえてきた。

「これは先生、お帰りなさいませ。いや、この兄《あに》さん、あんまり細工ものに身が入っちまって自分が足場にいることを忘れちまったそうで……。はッ、はッ、それで気がついたら三間《げん》（約五・四メートル）下に落ちていたと……。話を聞くとおかしくて堪《たま》りません」

捨吉は今日もまた賑やかに、外出から戻った弘庵を迎えた。

自分には素晴らしい仕事と夢があり、肉親以上に親身になってくれる師がいる。親などいなくともまったく不自由はない。むしろせいせいするというものだ――捨吉の明るさにはそんな言葉が含まれているように思われた。

「なるほど、そういうこともあろうな。気がつけばあの世に行っていた……、などということのないようにな……」

弘庵はいつもの調子で相《あい》の手を入れてやると、やがて一息ついて道具の手入れを始めた捨吉に、

「捨吉、お前を捨てた親は生きているか死んでいるかわからぬが、もし生きていて今

のお前を見たら、さぞかし驚くであろうな……」

さりげない言葉を投げかけてみた。

一瞬、その表情に動揺が見られたが、

「はッ、はッ、先生、何を仰《おつしや》るのです。わたしの親などはもうとっくに野垂れ死んでおりますよ」

捨吉はまたこのところの元気のよさで一笑に付した。

「うむ、そうであろうかな……」

弘庵はにこやかに応じた。

「たとえ生きていたって、この捨吉は先生を親と思わせてもらっております。親は何人もいりませんので、近くに寄せつけたくもありませんよ」

「ふッ、ふッ、嬉しいことを言ってくれるな」

「喜んでくださるなら、これほどのことはありません……」

「だがな、おれは二親に早く死に別れたから、たとえ行方知れずでも、親が生きているかもしれぬお前が、少しだけ……少しだけ羨《うらや》ましいのだよ」

「よしてくださいよ……。先生はいつも、人のことは羨むなと仰っているじゃありませんか」

「うむ、そうだな。そうであった、捨吉の言う通りだ。お前はお前で、いっそ早く死に別れたほうがさっぱりとしてよかったと、思っているのかもしれなんだな」

「まったくその通りです。あんな親、もし生きていたとしたら、この手でぶっ殺してやりとうございます」

冗談交じりに言って捨吉は笑ったが、その目には消せぬ殺意と哀愁《あいしゅう》が宿っていることに弘庵は気付いていた。

「これ、医者が物騒なことを申すでない」

「いや、これは口がすべりました……。先生、お許しください……」

捨吉はまた元気に笑った。

おりんは医院の隅《すみ》でひたすらに薬研《やげん》を使っている。

耳が聞こえぬおりんであるが、それゆえなおさら師弟の会話の意味を肌合で感じることができる。

先日は秋月栄三郎と又平に同行して、目に焼きつけた女の姿を二人に教えた。

その女が捨吉を捨てた母と同じ名であることまではまだ知らされていなかったが、あの女が捨吉の母らしきこと、弘庵がそれとなく捨吉の親の話に触れて、彼の反応を見ようとしていることは朧《おぼろ》げにわかっていた。

生まれた時から耳が聞こえず、十二の時に父を亡くし、世間の冷たさも温かさも噛みしめて十七になる今まで懸命に生きてきたおりんにとって、この医院はかけがえのない居所であった。

医師の弘庵もその弟子の捨吉も、到底医者になることなど望むべくもない身の上からここに居所を求めた。

そんな二人であるからこその飾らぬ日々の暮らしが、おりんは楽しくて仕方がない。

今では兄ともいえる捨吉に突如顕《あらわ》れた屈託――その原因が富川町で見た女にあるのではないかと思って、その日の捨吉の様子をそっと弘庵に伝えたことは、おりんが生まれて初めてしたお節介であった。

何も言わずとも、弘庵にはおりんの健気《けなげ》な想いが痛いほどわかる。

――捨吉もおりんも、自分には訪れぬと思っていた幸せがそこまで来ていることに気付いて、何やらじっとしておれぬのであろう。

弘庵はそんなことを思いつつ、幸せになるために越えねばならぬ山が捨吉の前に現れ出たというのに、何もしてやれぬ自分がただじれったかった。

四

「まったく、うちの先生も大したもんだ……」

捨吉は、今、弘庵の遣いで訪ねた材木商の広大な家屋を思い出して嘆息した。

その日、土屋弘庵は捨吉に深川木場《きば》の材木商に胃薬を持っていかせた。

その材木商は〝勢州屋《せいしゅうや》〟という豪商で、主は自分のことを〝養生道楽《ようじょうどうらく》〟というくらい己が健康に気を遣う。

それが少し前、土屋弘庵の噂を聞きつけわざわざ駕籠《かご》に乗って、中の橋の北詰にある弘庵の医院まで訪ねてきた。

金にあかして往診を頼むわけでもなく、日頃より胃を労《いたわ》るためにはどうすれば好いか飾らず訊《たず》ねに来た勢州屋に、弘庵は親しみを覚えたし、勢州屋もまた、

「思わぬところに名医を見つけた」

と弘庵をすっかりと気に入ってしまい、以後、何かというと自ら訪ねてきたり、飲み薬を調合してくれるよう遣いの者を寄越してくるようになった。

そういう間柄であるゆえに、

「これはなかなか好い胃薬の調合ができた。勢州屋さんにお届けしてくれ……」

と、弘庵は捨吉に持っていかせたのだ。

さらに弘庵はその折、おりんの目を盗んで、

「勢州屋殿のことだ。お前を手ぶらで帰しはしまい。心付けをもらったら遠慮はいらぬ。それと薬料を持って深川辺りで遊んでこい」

ニヤリと笑って肩を叩いた。

お前も若いのだから、たまには息抜きをしろというのだ。

捨吉は遠慮をしたが、

「真《ま》っ直《す》ぐ帰ってきたら家には入れぬぞ……」

と、追い払うように医院から出した。

——まったくありがてえお人だ。

捨吉は何度も心の中で手を合わせながら木場への道を急いだ。

そして無事に胃薬を届け、薬代と弘庵の予想通り過分なまでの心付けをもらった。

——先生のお気持ちは嬉しいが、あんまり遊びたくもねえや……。馬鹿をやっていた頃は毎日のように盛り場をうろついていたものだが。

若い頃は周りの者が、

「よくも飽《あ》きずにあんなことを続けているもんだ……」

などと呆《あき》れるほど、好きなことには夢中になれるものだ。今の捨吉がそれなのだ。

捨吉は今、日々医術の腕を上げることが何よりも楽しいのである。

何といってもまだ一年もたたぬうちに傷口の縫合までやってのけたことが大きな自信となり、それがさらなる医術への興味を捨吉に芽生《めば》えさせていた。

――帰ってあれこれ先生の話を聞きてえが、それじゃあせっかくの先生のお気持を無にすることになる。よし、この銭で何か医術のことが書いてある書物を買うか。遊里へ行くことばかりが遊びでもなかろう、暇と金があるならば、そちらで使ってやろうと捨吉は思ったのだが――。

その身を北へと引き寄せる、目に見えぬ力がいきなり捨吉を襲った。

北へ――。北へ行くとすぐそこに富川町があった。

――行ってどうするってんだ。あの女を見に行こうってえのか。見てどうするってんだ。あの女の名がおふねかどうか確かめようってえのか。

捨吉は自問した。

「人のことをじろじろと見やがるから、睨み返してやったぜ……」

などと、あの日おりんには怪しい女だと伝えた捨吉であったが、思わず立ち止まってその顔を見つめてしまったのは、女が直感的に自分を捨てた母親のおふねではないかと思われたからであった。

母親に捨てられたのが十歳であったか九歳であったか——そんなことさえあやふやな記憶の中で、捨吉の脳裏《のうり》には幼い頃を共に過ごした母親の面影がしっかりと刻《きざ》まれていた。

日頃は忌《い》まわしい記憶と思い、忘れてしまおうとしていたものが、どういうわけか偶然すれ違っただけの女を見て鮮烈に蘇《よみがえ》った。

何よりも驚いたのは、相手の方もえも言われぬ強い視線を浴びせてきたことであった。

医者の見習いのような男が珍しくて見てきたのではない。女の目にも当惑と深い哀感が込められていた。

まだ二十歳《はたち》過ぎの捨吉であるが、幼い時から世の中を一人で渡ってきたのだ。人の目付きの裏側にある感情くらいは読み取ることができる。

その目を見た時、自分を捨てた憎い女がそこにいることを確信した。

しかし、余りにも突発的なことが起こると、人はしばし呆然《ぼうぜん》としてしまうようだ。

「お前さん、まさかおふねさんというんじゃあねえだろうな……」

この言葉がすぐに出なかった。

それは女も同じようで、口をもごもごとさせるうちに処のやくざの乾分《こぶん》が女を呼びに来た。

「ちょっと待ちな……」

捨吉は呼び止めようと思ったが、気の荒そうな若い衆がそれを見咎《みとが》めて喧嘩になるのが怖かった。

あんな三下《さんした》を伸《の》してしまうのはわけもないが、そうすると相手は処の者だけにややこしいことになるし、自分の戻りを待つおりんはすぐそこの掛茶屋にいる。おりんを騒ぎに巻き込みたくはなかったし、母らしき女の存在を悟られたくもない。

何よりも自分自身、いかにも町のごみ溜めに暮らしていそうな女が母親ならば、そんなものは認めたくもないし関わりになりたくもない。

今の自分には土屋弘庵という父と、おりんという妹がいるのであるから――。

それゆえに捨吉は、若い衆に呼び付けられた女には目もくれず、何事もなかったようにおりんを連れて医院に戻ったのだ。

だが、まるで女を相手にせず帰ってきたものの、あの女は自分の母親に違いなかった。殺してやりたいほど憎んでいたおふねという女であったはずだ――。

そう思うと何とも落ち着かなかった。

――あんな女がおれの母親であるものか。たとえそうであったとしても、おれがあんな女の息子であることは何があっても認めたかあねえや。

自分にそう言い聞かせつつ、捨吉は何も言葉を交《か》わさず女と別れたことを心の内で悔やみ始めていた。

――せめて名を訊《き》いて、ふねと答えたなら散々に罵ってやったものを。

その落ち着かぬ心を紛《まぎ》らわそうとして、捨吉はひたすら元気を出して仕事に励んだ。

やくざ者の中に身を置いていた時は、人に弱味を悟られまいと滅多に笑顔を見せず、渡世のせめぎ合いに勝ってきた。だが今は医者の助手として、色んな患者に笑顔を振りまくのが仕事なのである。ぶすッとした厳しい顔をしてはいられない。

自《おの》ずといつも以上に明るい笑顔で接することになる。

そうして日々の仕事に打ち込むことで女のことを忘れてしまおうとしたが、医院の二階に与えられた自分の部屋で一人になると、母・おふねと過ごしたぼんやりとした記憶などが浮かんできて頭を離れなかった。医院で勤めるようになってからは、憎い母の思い出は不思議となくなり、自分をあやしてくれた温もりばかりが蘇ってくるのだ。

そして今日、遣いに出た先は富川町に近い木場であった。

弘庵は遣いを終えた後は、すぐ戻らずともいいから遊んでくるように言ってくれた。

気がつけば、捨吉の足はいつしか富川町へと向いていた。


その頃、おふねは堀端の亀吉が営む木賃宿にいて、亀吉から小遣い銭をせしめようとしていた。

「河津《かわづ》屋の倅《せがれ》をたらし込んだとはよくやったぜ……」

木賃宿の奥の一間で亀吉がほくそ笑んだ。

「はい、あたしのような婆ァには、疑いを持たないものでございますよ……」

おふねは口許に卑《いや》しい笑みを浮かべた。

その目は、長火鉢で焙《あぶ》る亀吉の手がいつ懐《ふところ》の財布に向かうかを気にしている。

河津屋の倅とは、両国《りょうごく》の筆墨硯問屋の放蕩息子・槌太郎《つちたろう》のことである。

このところ槌太郎は両国を抜け出し、深川の仲町《なか》、櫓下《やぐら》あたりで遊興に耽《ふけ》っていた。

かつての遣《や》り手《て》仲間からそんな噂を聞きつけたおふねは、盛り場で槌太郎を待ち伏せ、揉《も》み手揉み手でこれに近付き、亀吉が開く賭場《どば》に連れていくまでになったのだ。

「おふね、お前は本当に好い客を連れてきてくれたぜ。まあ、後のことはこっちに任せておきな……」

亀吉の手が動いた。しかし、その手は懐に届くまでもなく、袖の内で少し遊んだ後一分金《いちぶきん》をつまみ出して、ほいと火鉢の縁《ふち》に置いた。

「もうちょっと色をつけておくんなさいましよ……。太っ腹で通っている親分じゃあございませんか……」

おふねはまた卑屈に笑って追従《ついしょう》を言ったが、

「ふん、いくらおれが太っ腹でもよう、お前なんぞにやる金は持ち合わせちゃあいねえや。嫌ならよしにしねえ……」

亀吉はにべもなくはねつけた。

「ヘッ、ヘッ、いやですよう。ほんの戯《ざ》れ言《ごと》を申しただけでございますよう。またどうぞご贔屓《ひいき》に。へい、ごめんくださいまし……」

おふねは慌ててぺこぺこと頭を下げ、さっと一分金を手に取ると、これを押しいただいて逃げるように亀吉の前から下がった。

「ふん、どうせいかさま仕掛けて、あの若旦那を脅すつもりのくせしやがって……」

河津屋なら一人息子の始末に百両は用意するであろう。

これが荒くれ人足を抱える大商人ならば処の顔役を通してくるであろうが、河津屋は役所などに筆や墨を納める堅い商人である。

倅が賭場に出入りしていることは知られたくない。これを強請《ゆす》るのに堀端の亀吉も足元を見やすいはずだ。

それゆえ、槌太郎を取り込んだことは大きな手柄なのである。

「それが一分とはしけてやがる……」

おふねは一人悪態をつきながら町を歩いた。

とはいえ、しけた一分でも、今のおふねには大金であった。これで間借りしているそば屋の親爺《おやじ》にも部屋賃を払えるし、熱いのを一杯ひっかけられるというものだ。

「うッ……」

少しほっとすると俄《にわか》に癪《しゃく》がおふねを襲った。木賃宿が面する路地の壁に縋るように屈《かが》んで痛みが遠ざかるのを待った。

道行く者は誰一人手を貸そうとはしない。

一瞬立ち止まったとしても、そこに因業《いんごう》婆ァのおふねを認めると近寄ろうとはしない。うっかり構って、何の因縁《いんねん》をつけられるかしれたものではないからだ。

——歳《とし》はとりたくないもんだ。

おふねはつくづくと、かさついた肌、深い皺が刻まれた己が容姿に思いを馳《は》せて嘆息した。若い頃の自分を、男は皆放っておかなかったものを——。

やっと癪も治まり、ふらふらと歩き出したおふねであったが、自分に注がれる一人の男の視線に気付いた。

その視線の主は癪に苦しむおふねに駆け寄ろうか否《いな》か、戸惑《とまど》っていたように思える。

「うっちゃっといておくれな……」

それが煩《わずら》わしくにべもなく言い捨てて再び歩き出したおふねであったが、一瞬相手と見合ってその場に固まった。

「捨吉……。やっぱりお前は、捨吉だったんだね……」

視線の主は捨吉であった。

捨吉にとっては悔《くや》しいことに、気がつけばおふねを求めてこの町に足が延びていた。

母が恋しいわけではない。ただ己の昔にけりをつけたい——そんな想いが捨吉をここまで来させたのである。

「捨吉……、お前は捨吉なんだろ、答えておくれ」

おふねは悲痛な声をあげた。

おふねもまた、先日すれ違った若者はもしや我が子ではなかったかと気になってい
たのである。

「そうだよ。おれは捨吉だ。そういうお前は……」

「ふねだよ。お前を産んだ母親さ……。お前、風の便りにぐれたと聞いたが、見れば
その恰好は何やら偉いお人の許で働いているような……」

おふねは惚《ほ》れ惚《ぼ》れとして、捨吉の医院での仕事着姿を見た。遊びに行くのにその恰
好はないだろうと弘庵に言われながらも、薬を届けに行くのだからと、誇りを持って
いつもの姿で出てきた捨吉であった。

「偉いお医者の先生の弟子にしてもらったよ……」

「そうかい、お前、よくやったねえ。お前が医者になるなんて、おっ母さんは……」

「おっ母さんなんて言うねえ！」

つくづくと語りかけるおふねの言葉を、捨吉の強い言葉が遮《さえぎ》った。

「捨吉……」

「馴《な》れ馴れしく喋りかけるんじゃねえや！」

自分を捨てたのにはそれなりの理由があったのだろう。土屋弘庵の許で日々医術に触れていると、人間には理屈で割り切れぬ運命という荒波に、否応《いやおう》なく押し流されてしまう時があることを思い知らされる。

思えば捨吉自身がやくざな道に足を踏み入れてしまったこともそうであった。

おふねがその時押し流された荒波がどんなものであったか、会えばまず訊いてやろうと思っていた。

しかし、何とも荒《すさ》んだおふねの様子を見ていると、腹だたしさが先に立った。

日々汗にまみれながら黙々と患者のために立ち働くおりんの清らかな姿に触れていると、おふねは薄汚く許しがたい妖怪に見えた。

それが捨吉の嫌悪をかき立てて、

「手前《てめえ》なんか……、手前なんかおれの母親じゃあねえや！」

問答無用に切り捨てていた。

「許しておくれ……、お前を捨てる気はなかったんだよ。ただ、のっぴきならないことがあって……」

おふねはその場に手をついて、縋るように捨吉を見た。道行く者たちはおふねのその姿を見ても、あの婆ァめまた何かやらかして泣き落としでごまかしてやがる――とばかりにまるで見向きもしない。

　そんなおふねが浅ましく、一旦火がついた捨吉の感情は自分を捨てた母への恨みばかりに覆《おお》われた。

「ふん、おれを丸め込もうったってそうはいかねえぞ。おれはここへお前が恋しくて会いに来たんじゃねえんだ。お前がまだ生きているようだから伝えておきたかったんだ。どこで会おうが見かけようが、母親面《づら》をして気安く声をかけてくるなってことをな……」

「捨吉、お願いだ……。許してもらおうとは思っちゃあいない。だが、お前のことは片時も忘れたことはなかった。この前だって一目見てお前ではないかと……。でも、お前はさっさと行ってしまうし……」

「手前はどこかの親分と悪巧みをしなきゃあならねえから、声をかけられなかったってわけかい……」

「捨吉……」

「調子の好いことを吐《ぬ》かすんじゃねえや」

「本当なんだよ……」

「やかましいやい！　子を一人残して男と逃げて、今は処のくずどもとつるんでやがるお前が、いくら泣き言言ったって耳に入るもんかい！」

「捨吉……」

堪らず捨吉の足に縋るおふねを、

「おれに触るんじゃねえや……！」

捨吉はこれを邪険に振り放した。その拍子におふねは路地の板壁に頭を打ちつけた。

「おっ母さん……」

捨吉はそれを見て思わずその一言を発した。

「捨吉……」

頭の痛みもなんのその、息子がかけてくれたその一言におふねは思わず笑みを浮かべた。

「おっ母さん……なんかじゃねえ……。お前なんか、おっ母さんじゃねえやい！」

叫ぶや捨吉は一目散《いちもくさん》に走り出していた。

捨吉は己が心の内に母を慕《した》う気持ちが芽生えていて、その想いが自分をここに来させたのではないかと気付き始めていた。

しかし、それはこの十年の間泥沼に暮らして大きくなった捨吉にとって、容易に許せることではなかったのだ。

捨吉はただひたすらに駆けた。途中何度も息を切らし、道端に屈み込んでは駆け続けた。

──今のおれにはなあ、あったかく迎えてくれるところはいくつもあるんだ。

紺《こん》暖簾を潜ってとび込んだ所は居酒屋〝そめじ〟であった。

夕暮れの店内にはまだ誰も客はいなかった。

「何だよう、息せき切って……」

板場からお染が出てきて、ちょっと叱《しか》りつけるように言った。左手の人差し指にしっかりと巻き付けた包帯が眩《まぶ》しかった。それは今朝、医院を訪ねたお染に捨吉が巻いたものだ。

それを見ると泣けてきた。

「へッ、へッ、先生が深川辺りで息抜きをしてこいと言ってくださったんだが、おれはここで飲みてえと思って……」

捨吉はぐっと堪えて笑みを浮かべて言った。

「嬉しいことを言ってくれるじゃないか。まあゆっくりしておいきよ……」

お染はにっこりと笑った。

その顔は、十二の頃、やくざ者に殴《なぐ》られて、ぼろ雑巾《ぞうきん》のようになって道端で転がっていた捨吉を拾ってくれた時に見せた笑顔そのものだ。

その笑顔に触れた時──捨吉は不覚にも落涙した。

お染は見ぬ振りを決め込んで板場へと入った。

捨吉がとび込んできた時から、すべてを察していたお染であった。

今日、土屋弘庵が捨吉を深川木場へ遣ったのは、捨吉がおふねの姿を求めて富川町へ行くであろうと予想してのことであった。

お染はそれを知っている。

何はともあれ捨吉がおふねに会いに行ったのは喜ばしいことだと思いながら、お染は温かい湯豆腐を出してやり、何杯も何杯も熱い燗がついた酒を飲ませてやった。

「姐さん……。おれには二親がいねえし、兄弟もねえ……。でもな、土屋弘庵ていう立派な親父《おやじ》と、おりんていうかわいい妹がいるんだ。おれは幸せだよな……」

酔ううちに回らぬ舌で捨吉は何度もそう言った。

「ああ、幸せだよお前は。母親がいないのが玉に瑕《きず》だがね……」

「おれの母親は……、姐さんだ……。染次《そめじ》姐さん、いやさお染さんだ……」

「はッ、はッ、お前みたいな大きな息子を持った覚えはないよ」

「何でえ、けちだねえ、姐さんは……。おっ母さんになってくれたっていいじゃあねえか……」

「わかったよ……。今日だけはなってあげるよ」

「やっぱりけちだ……。まあいいや、いらねえよ、おっ母さんなんて……」

五

「おふねさん、お客さんだよ……」

親爺の声に目が覚めた。

日は暮れようとしていた。

昨日、息子との哀しい再会の後、一分の金を握りしめ、方々飲み歩いたおふねであった。

酔ってすべてを忘れようとしたが、酒を飲むと余計に哀しくなってすっかり酔い潰れて、気がつけばいつもの部屋で眠りこけていた。

今日は朝から宿酔《しゅくすい》に頭が痛く、間借りしているそば屋の裏手にある三畳ばかりの離れ屋に閉じこもっていたのである。

「あたしにお客……？」

おふねは障子戸《しょうじど》を開けてそば屋の親爺に訊ねた。いつしかまどろみ、少し気分もよくなった。

「堀端の親分のところの衆なら、いないと言っておくれな……」

息子に今の体《てい》たらくを詰られた次の日のことである。悪辣《あくらつ》な連中の顔を見るのは気が引けた。

「いや、お武家様とお医者様だよ」

「お武家にお医者……」

「ああ、店においでだよ。お前さんには珍しいお客だが、こんな日に二日酔いとはおあ生憎《いにく》さまだったね……」

親爺は言い置くと、さっさと店に戻った。

おふねは小首を傾げつつ、鏡に向かってさっと髪をなでつけた。小さな鏡台と行李《こうり》に布団《ふとん》……。それだけがおふねの財産であった。

慌てて店へと出ると、浪人風の男と町医者風の男が長床几に腰をかけていた。

二人ともにこやかで、味わいのある人となりが飾りのない表情から窺えた。

「おふねさんかい……」

武士が頰笑《ほほえ》みかけた。人を引きつける笑顔であった。

「はい……。さようでございますが……」

「おれは秋月栄三郎といって、京橋で手習い師匠をしている者だ」

「秋月……先生……」

「それでこちらのお方は、近くで医者をしておられる土屋弘庵先生……捨吉のお師匠様だ……」

「あ……」

おふねは絶句した。そういえば、昨日捨吉が偉いお医者の弟子にしてもらったと言っていたのはこのお方のことであったのかと思いついたのだが、何と言ってよいやらわからなかったのだ。

「驚かせてすまなんだな。少しばかり付き合ってくれぬかな……」

栄三郎は終始にこやかで優しい声をかけておふねの気持ちをほぐすと、あれこれ世間話などをしながら、おふねをそこからほど近い三間町《さんげんちょう》の料理屋へと連れていった。

「まだちょいと早いが、ここのどじょう鍋はうまいと聞いた。体を温めて、軽く迎え酒といこうじゃないか……」

栄三郎は弘庵と二人でおふねを小部屋へ誘《いざな》うと、すぐにどじょう鍋の用意をさせた。

この二人が気持ちの優しい男であることはわかったが、俄の来訪におふねはやはり戸惑って、なかなか箸《はし》を動かせなかった。それでも温かな鍋の湯気が甘い香りとともにたち込め、おふねの緊張を次第にほぐしてくれた。

その心の動きをしっかりと捉《とら》えた栄三郎が切り出した。

「おれはお前さんの倅が大好きでな。あれこれお節介を焼かせてもらってるってわけなんだが、昨日の晩、おれの行きつけの店で珍しく酔い潰れてな。それで、土屋先生と理由《わけ》を訊ねたところ、お前さんと会ったと言った……」

栄三郎の言葉に弘庵はゆったりと頷いて、

「あ奴はおふね殿に色々厳しいことを言ったようだが、それは許してやってもらいたい」

と続けた。

「とんでもない……。あたしはあの子に殺されたって文句は言えない女なのでございます」

おふねはしおらしくして声を震わせた。

「捨吉は町でおふね殿とすれ違って、すぐに自分の母親だと気付いたようだ」

「あたしも気付きました……。でも、気持ちが乱れてどうしてよいやらわからないまま……」

「捨吉の方がさっさと立ち去ったのじゃな」

「はい……。あたしのことなど忘れようとしていたのでしょう。それをあたしの方から声もかけられずに……」

「捨吉はおふね殿のことを忘れようとはしておらなんだはずじゃ。それゆえ、木場に遣いに出た帰りに、わざわざおふね殿の姿を求めて富川町へ行ったのであろう……」

弘庵に言われて、昨日路地の板壁に頭を打ちつけた時、一瞬〝おっ母さん〟と自分のことを呼んでくれた捨吉のことをおふねは思い出した。

しかし、おふねはすぐにその記憶に蓋《ふた》をした。

「もうよいのでございます……。あの子が先生方のような立派なお方にかわいがっていただいて、真っ当な暮らしを送っているとわかっただけで幸せでございます」

「このまま会わぬままでよいと申されるのか」

「はい。ここに先生方がいらしてくださったのも、捨吉があたしに会いたくはなかったゆえのことだと存じます。これでよいのです。生きるためとはいえ、この身はすっかりと汚れてしまいました。今はもう、住むところの違う捨吉でございます……」

おふねはこみ上げる想いを堪えて、頭を下げた。

「弘庵先生は、無理に親子を会わせようとは思うておられぬ……」

栄三郎が言った。

「だがな、おれも弘庵先生も、どうしてかわいい子供を捨てちまったのか、お前さんの口からその言い訳を聞きてえのさ……」

「言い訳を……ですか……」

「ああ、何を言っても言い訳にしかならねえだろうが、時に言い訳ってものは人の心を和《なご》ませる。上手な言い訳を聞かせておくれ」

栄三郎は滋味のある言葉で語りかけた。

「はい……。それならこの場の座興に申し上げましょう。馬鹿な女もいたものだと、どうぞお笑いくださいまし」

おふねは小さく笑った。

「捨吉の父親は輝吉《てるきち》という版木職人でございまして……、楊枝屋《ようじや》で働いていたあたしを見初《みそ》めたのでございます……」

おふねは十五の時に二親に死に別れたが、器量の好いのが買われ、叔父《おじ》が開いていた楊枝屋で働くようになった。

楊枝屋には器量が好く愛想《あいそ》の好い娘を置いている所が多いが、おふねは叔父の店でたちまち看板娘となった。

そして、おふね目当てに通う男の中に輝吉がいたのである。

輝吉は版木職人としての腕も好く、男振りもなかなかのものであった。何よりも誰より熱心に通ってきたので、おふねは輝吉の女房になったのだ。

ひたすら望んで女房にしたおふねを輝吉は大事にした。本所入江町の裏長屋とはいえ、三間ある小ざっぱりとした家に住まわせた。

子供が生まれた時はおふねが厄年《やくどし》だったので、一旦寺に捨てて拾うという儀式も仲間を集めて賑やかに行い、名も捨吉として輝吉なりに気を遣ってくれたものだ。

数多《あまた》言い寄ってきた中から輝吉を選んだのだ、大事にしてもらって当たり前だ――

おふねは亭主に対していささか傲《おご》った気持ちを持ち続けた。だが、それが女としての油断を生むことになる。

「女に熱をあげる男というものは、すぐにまた他の女にも熱をあげるものなのでございますねえ……」

おふねの少し思い上がったような振舞が輝吉の心を離れさせたのか、ある日輝吉は忽然《こつぜん》と姿をくらました。

あれこれ人に問えば、盛り場の水茶屋の女と手に手をとって逐電したことがわかった。

かつては楊枝屋の看板娘として言い寄られたことばかりのおふねには、夫の裏切りが骨身に応えた。

まだ幼い捨吉を残して、この自分を捨てて他の女と逃げるなどとはどういうことなのであろう——。

といっても、再び楊枝屋に戻れるほど若くはなかった。明日の暮らしのことを思うと途方に暮れる思いであったが、独り身となったおふねに興をそそられる男もすぐ現れた。

古着の行商をしているという男で、少し苦み走った風情《ふぜい》におふねは惹《ひ》かれた。

亭主に捨てられた寂しさと、子供を抱えた弱味がその想いに輪をかけた。

「子供を育てていくのに、女はやはり男に頼るしかありませんからねえ……」

「そんなことを思っていながら、捨吉を置いてその男と行方をくらましたのかい」

栄三郎はしみじみと語るおふねに問うた。

「そうするしか他に道はなかったのです……」

古着の行商をしていると思っていた男はその実盗人《ぬすっと》の一味で、商家に押し入った後、おふねに共に逃げるよう迫ったのだ。

惚れた女とはいえ、盗人が正体を明かすことはまずありえぬことだが、男はおふねがよほど気に入ったのであろう。

「身の上を明かしたからには一緒に来てもらうぜ……」

来なければ殺すと脅した。

おふねはこれに我が子を巻き込むことはできぬと、かつて楊枝屋をやっていた叔父に男から受け取った十両の金を渡して捨吉を託し、男の逃避行に従ったのである。

「ところが後でわかったのは、叔父がその十両を持ってどこかへ姿をくらましたということでした……」

それがわかった時、おふねはというと、盗人の男にも飽きられ、潮来《いたこ》で女郎に叩き売られていた。江戸を出てから五年後のことであった。

幸いにも年季は短く、何とか苦界《くがい》から抜け出し、江戸の金貸しに落籍《ひか》された女郎仲間を頼って江戸へ戻ったものの、その女郎仲間はすぐに病に倒れ、帰らぬ人となった。

「それからは、盛り場、悪所をうろつきながら、あげくが今の有り様でございます。

何度も死んでやろうと思いましたが、浅ましいものでございますねえ。こんな恥をさらしてでも生きていたいものでございまして。ふッ、ふッ、今も、どじょう鍋もお酒もおいしいと舌は申しております……」

おふねは語り終えると自嘲の笑いを浮かべて、酒を一杯飲み干した後、

「これが言い訳でございます」

姿勢を正した。

「そうかい……。今の言い訳を捨吉に聞かせてやりたかったねえ……」

栄三郎は大きな溜息をついた。

「いえ、言い訳はどこまでいっても言い訳でしかありません。どうか先生方、この後も捨吉のことをよろしくお願い申します」

おふねは深々と頭を下げた。

「おふね殿、ひとつだけ申しておきますぞ。生きるのじゃ。とにかく生きるのじゃ。生きていれば必ず息子とわかり合える時がくる……」

弘庵はおふねを真っ直ぐに見た。

「嬉しゅうございます。でもねえ先生……。生きるなら、きれいに生きとうございますねえ」

おふねはしっかりとした目を弘庵に向けて、つくづくとこれに応えた。

その時、暮れ六つ（午後六時頃）の鐘《かね》が聞こえてきた。

おふねはしみじみとその音色《ねいろ》を楽しむようにして、少し思い入れの後　暇《いとま》を告げた。

「気をつけてな……」

店の表で見送る栄三郎と弘庵に、

「久し振りに人らしく扱っていただきました。このご恩は忘れません……」

そう言い置くと、肩の荷が下りたのか、おふねは力強い足取りで歩き始めた。

その姿が見えなくなると、見送る栄三郎、弘庵の前へ、又平が一人の男を連れてきた。

「捨吉、やはりお前はせめて隣《となり》の座敷に潜《ひそ》んで、おふね殿の話を聞くべきであったな」

弘庵が言った。うなだれている男は捨吉であった。

「おふね殿にも止《や》むに止まれぬ理由があったようだ……」

「左様でございましたか……。わたしのためにご足労をおかけしてしまいました……」

栄三郎は、隣室からそっとおふねがする話を聞くようにと捨吉に勧めた。しかし、おふねが語る話がもし捨吉にとって許し難いものであれば、自分は黙って聞いておられまい。それゆえ、弘庵と栄三郎に任せて店の外からそっと様子を見守ったのである。

昨日、〝そめじ〟でしたたかに酔った捨吉であったが、やがて店には土屋弘庵と秋月栄三郎が現れて、捨吉の酒に付き合った。

すっかりと酩酊《めいてい》している捨吉から、聞き上手の栄三郎は彼の本音を巧みに吐き出させた。

憎しみしか抱くことのなかった母親であるが、弘庵の許で修業をしてからは妙に懐《なつ》かしくなった。

そんな想いが湧いてきた折におふねと再会したのも神仏の思《おぼ》し召しと受け止め、会いに行ったものの、やはり嫌悪ばかりが前に出た。それがやり切れぬと捨吉は酔いに任せて吐露していた。

「捨吉、今追いかければすぐにおふね殿に会えよう。どうする……」

弘庵が優しく語りかけた。

「いえ、今はまだ心の内が静まっておりません……。会えば何を言ってしまうか怖いのです」

「そうか……。おふね殿の姿は見たか」

「はい。店を出て帰るところをそっと……」

「よし、ならば今日のところは帰ろう。道々、おふね殿の言い訳を聞かせてやろう」

「はい……。しかし先生、わたしはその言い訳を聞いても、やはり母親を許すことができぬような気がします」

捨吉は絞《しぼ》り出すような声で言った。

「おれはそれを責めぬよ。だが、聞くだけは聞け……」

「はい……。ありがとうございます……」

あの凶暴極《きわ》まりなかった山犬の捨吉は、確実に一歩ずつ人の情を知る医者への道を進んでいる。満足そうな表情を浮かべ、さて参ろうと弘庵は栄三郎を見たが、

「ちょっとばかり気になりますねえ……」

栄三郎は神妙な面持《おもも》ちでそれに応えた。

「気になる……」

「おふねさんのことですよ。生きるなら、きれいに生きとうございます……、などと言って六つの鐘を聞いた途端に暇を告げた……。それがわたしにはどうも気になる……」

「なるほど、栄三殿の言う通りじゃな。確かに気になる……」

頷き合う栄三郎と弘庵の顔を交互に見て、捨吉はえも言われぬ胸騒ぎを覚えていた。

その揺れる心の内こそが、母を恋《こ》うる子の想いであることさえ、哀れにも今の捨吉には気付く術もなかったのである。

六

夜の町に寒風が吹き抜けた。

その勢いに背中を押され、おふねは迷うことなく西北の方へと歩みを進めていた。

——まったく馬鹿な女だよ。

おふねは自嘲の笑いを浮かべた。

少しばかり器量が好いのを鼻にかけ、男に尽くされるのを当たり前のように思っていた若い頃の自分は馬鹿の極みであった。

なまじ器量が好いために、かえって男に翻弄《ほんろう》されその身を持ち崩し、四十を過ぎれば〝婆ァ〟と呼ばれ、昔の見る影もなく落ちぶれていった原因は、すべてがあの日の若さにあったのだ。

しかし、今は何を言っても為《せ》ん方《かた》ないが、捨ててしまった子のことを忘れたことはなかった。誰がどう思おうが、自分自身に誓って言える。いつかどこかで巡り合えることもあるやしれぬ――その想いがここまで自分を生かしてくれたのかもしれない。

そして立派になった息子とともかく出会えた。息子の面倒を親身になって見てくれている人にも会えた。何とも温かい人柄の二人であった。

医者の弘庵という先生は、

「生きていれば必ず息子とわかり合える時がくる……」

と励ましてくれた。飲み食いをさせてくれた上にそんな言葉をかけてくれるのも、自分が捨吉の母親であればこそである。

捨てた息子から十分過ぎるくらい情けをもらった。その返礼は少しでも真っ当な人となって己が生を終えることではなかろうか――。

秋月栄三郎と土屋弘庵と話すうちに、おふねの心にその決心が生まれた。それが暮れ六つの鐘を聞いた時、おふねにある行動をとらせたのである。

昨日、何軒目かの店で酔い潰れつつ、おふねは堀端の亀吉の乾分たちが話している悪巧みを耳にした。それは、おふねがたらし込んで亀吉の賭場に通うようになった河津屋の倅・槌太郎についてのことであった。

「いよいよ明日、河津屋の倅を引っかけるそうだぜ」

「六つの鐘を聞いたら船着場に来いってよ……」

それだけでわかった。亀吉は今宵《こよい》、槌太郎に賭場でいかさまを仕掛け、言葉巧みに駒を回し、その挙句《あげく》に大負けに追い込み返金を迫り、鬼の栖《す》に監禁するつもりなのであろう。

そして倅を質《しち》に取り、河津屋から金を強請り取るという算段だ。

槌太郎の身から出た錆《さび》かもしれないが、そのきっかけを作ったのは自分である。せめてこれだけはきれいにしたかった。それで殺されたら、いっそすっきりとしてよい。

いつしかおふねは山城橋《やましろ》まで来ていた。

渡った所に船宿の船着場がある。そこは堀端の亀吉の息のかかった店で、ぞろぞろと亀吉の乾分たちが集まってきているのが見える。

暮れ六つの鐘を合図に、清住町《きよすみ》の料理屋から槌太郎を船でここまで連れてきて、すぐ近くの旗本屋敷で開かれる賭場へと案内するのだ。

おふねは迷いなく山城橋を渡り始めた。

すると、案に違《たが》わず六間堀《ろっけん》をすべるように屋根船がやって来て船着場に着けられると、船から槌太郎が降り立った。

これを白々《しらじら》しくも揉み手で迎えるやくざ者たち——その中に今日は亀吉の姿もあった。

「若旦那！」

橋を渡るやおふねは大声で槌太郎を呼んで駆け寄った。

——婆ァ何しにきやがった。

亀吉はあからさまに怪訝な表情でおふねを見たが、

「何だいおふねさんかい……」

槌太郎は人の好さそうな顔をおふねに向けるとおふねの方へとにじり寄った。

「このやくざ者たちについて行っちゃあいけませんよ！」

おふねは声高らかに放ってなおも駆け寄った。

「この連中は、今夜お前さんにいかさまを仕掛け、質に取るつもりですよ！」

「何だって……」

言われてなお馬鹿息子は、わけがわからずただきょとんとしておふねを見た。

「いいから今宵は帰りましょう！」

おふねはその意外な行動に一瞬呆気にとられた亀吉たちの間をすり抜け、槌太郎の袖を引いたが、

「何を吐かしやがるんだこの婆ァ。手前《てめえ》、よりにもよってこのおれに言いがかりをつけやがるのかい！」

これを本気の行動と見てとった亀吉が、凄《すご》んでおふねの腕を取った。

「言いがかりなもんかい！　若旦那、お前を質にとって、このろくでなしは河津屋さんを強請る魂胆なんだ。さあ、参りましょう」

おふねは亀吉の手を振りほどき、怯まず槌太郎の手を引いた。

「この婆ァ……、調子に乗りやがって！」

亀吉はどんとおふねを突き倒し、

「若旦那、参りやしょう、この婆ァは気がふれておりやしてね、まったく困ったもんで……」

槌太郎に愛想を使って案内をした。

「わ、若旦那、およしなさい……」

それでも諦《あきら》めぬおふねを乾分が二人で捕らえて、橋の方へと引きずるようにして連れていった。

「放さないかい！」

おふねは乾分の一人の腕を噛んだ。

「何をしやがる！」

これに怒った乾分は槌太郎が向こうを向いたのを幸いに、懐の匕首を抜き放って脅しつけたが、おふねは下駄で乾分の足を踏みつけてなおも行こうとした。

「やりやがったな……」

かっとした乾分はついにおふねの背中に匕首を振り下ろした。

焼けつくような痛みを背中に覚えたその刹那《せつな》、おふねは山城橋を駆け渡ってくる四人の男の姿を認めた。

それは秋月栄三郎、土屋弘庵、又平、そして捨吉の姿であった。

「捨吉……」

愛《いと》おしい息子の姿に触れて、おふねはうっとりとした表情を浮かべるとその場に倒れた。

「遅かったか……！」

栄三郎は恐ろしい形相《ぎようそう》で駆け様に刀を抜いて、匕首を構える乾分の腕を手首から斬り落とした。

絶叫が響いて乾分がその場に崩れ落ちると、怒れる栄三郎の凄《すさ》まじい剣の腕前に、亀吉たちはあたふたと震え出した。

だが、栄三郎の怒りは収まらぬ。刀を峰に返すや、凄まじい勢いで亀吉の乾分たちを片っ端から叩き伏せ、わけがわからず怯《おび》える槌太郎を、

「おう！　早《はえ》えことと家に帰らねえか！」

と一喝して、亀吉の面を打ち据《す》えた。

この間、又平は近くの番屋へ走って渡りをつけて、弘庵と捨吉と共にここへおふねを運び込んだ。これに栄三郎が続いた。

おふねは背中をざっくりと斬られていたが息はあった。

かつては見つけたら殺してやりたいとまで憎んでいた女が深手を負っている。それを自業自得《じごうじとく》とは医者を目指す捨吉には思えなかったが、それでもなお、この女とどう接していいかわからなかった。

捨吉はかつて喧嘩をして斬られた男が医院に運び込まれた時のように、てきぱきと傷の手当をする弘庵にただただ従うばかりであった。

「おふね殿、しっかりとせい！　お前の命は必ず助けてやるぞ！」

叱咤《しった》する弘庵に、おふねは弱々しく、

「いえ、先生……、こうして捨吉に看《み》とられて死ねたら本望でございますよ。いっそ楽に死なせてくださいませ……」

と、消え入るような声で言った。

「馬鹿なことを申すな！　これよりお前の傷を捨吉が縫い合わせるぞ。わかったな……」

弘庵の言葉に、おふねの顔は生気を取り戻した。

「捨吉が……、捨吉がそんなことを……」

「ああ、できる。だが、お前が死ねば捨吉の腕に傷がつく。痛みに堪《た》えて必ず生き抜くのだ。それがお前の息子への償《つぐな》いと思え！」

みるみるおふねの目から涙が溢れた。

「命を助けてもらう上に、捨吉への償いができる……。ああ……、ありがたや……。捨吉、おっ母さんは生きてよいのかい……」

「そ、そりゃあ……」

胸がいっぱいで口ごもる捨吉に、

「捨吉！　患者の命を助けるのがお前の役目だ。何を口ごもる！」

弘庵はまた一喝した。

その途端、捨吉の体内からどっと、怨讐《おんしゅう》を超えた母への想いが噴き出した。

「生かしてやるよ！　お前みてえなひでえ女でも、おれにとっちゃあただ一人のおっ母さんなんだ。生かしてやらあ！」

「捨吉……、捨吉……」

「情けねえ声を出すんじゃねえや！　おれの術を受けて死ぬんじゃねえぞ。死にやがったら一生許さねえ！」

涙を拭《ふ》いて、捨吉は医者の弟子の表情に戻った。この間に、弘庵は縫合手術の用意をてきぱきと進めていた。いついかなる時も人の命を救えるよう、外出をする時には必ず持ち歩いている施術の道具を並べていた。

栄三郎と又平は湯を沸《わ》かし、晒しを集め、弘庵の指示の下《もと》立ち働いた。

「捨吉、あたしゃ、何があっても死にゃしないよ。どんな痛みにだって堪えてみせるよ。お前にされることだ……。何の苦もないさ……」

おふねは捨吉の言葉に勇気百倍——苦しい息の中で気丈に言った。

その言葉通り、おふねは番屋に置いてあった消毒用の焼酎《しょうちゅう》を口に含み、手拭《てぬぐ》いを嚙みしめ、傷口に止血薬を施《ほどこ》し、小針小糸で縫い合わせる息子に手間をかけまいと、じっと痛みに堪えた。

捨吉に迷いはなかった。すぐ傍で見守る弘庵の姿が何よりも心強かったのである。

一針、また一針と、おふねの傷は捨吉によって縫い合わされていった。

それは母と子の心の奥底に出来たどうしようもない深い傷が、情けの糸で巧みに縫い合わされていく貴重な一時《ひととき》となったのである。

寒風がいくら番屋の戸を叩こうが、狭い屋内に溢れ返る人の熱気と心の温もりは、冷めることを知らぬ冬の夜となっていた。

七

約束通り、おふねは深手を負ったことをものともせず見事に生きた。

そして、捨吉は相変わらず土屋弘庵の医院で忙しい修業の日々を過ごした。

師走《しわす》に入り、世の中が落ち着かなくなった頃となり、水仕事をするお染の左の人差し指に長く巻かれていた包帯も見られなくなった。

「捨吉の奴、まだ意地を張っているようだね」

そんなある日の〝そめじ〟の店の内で、お染は秋月栄三郎にぽつりと言った。

あれからおふねは深川新地で、お染の昔馴染《むかしなじ》みの料理屋の女中として生き生きと働いている。

奉公をすることを条件に、お染が口を利いて、怪我の療養ができるようにしてやったのだ。色々な支えが取れると、かつては楊枝屋の看板娘であったという容色が蘇って、まだ仕事らしい仕事はほとんどできていないものの、なかなかに客の評判もよいようだ。

しかし、捨吉はその噂は聞けど、まだ一度も訪ねたことはないらしい。

「おまけに、土屋先生のところにも邪魔になるから挨拶《あいさつ》などに来ないように、なんて偉そうなことを言っているとか」

聞けばおふねも哀しい昔があったのだ。それなのに、まだ捨吉はおふねのことが許せずにいるのかとお染は言うのである。

「いや、そうでもねえよ。むしろ母親と息子らしくなったってところさ」

栄三郎はそんなお染にニヤリと笑った。

「息子ってものは色気づく頃になると、母親にあれこれ構われるのが煩わしくなるのさ」

「色気づく頃だって？　捨吉はとっくに二十歳を過ぎているんだよ」

「まだ子供なんだよ、お袋との付き合い方にかけてはな……」

「なるほどね、親との付き合いにまだ慣れてないってことか……」

「捨吉は今、親がいる嬉しさを、奴なりに嚙みしめているんだろうよ……」

「いいねえ、親がいるってことは……」

お染はしみじみとして言った。

「そういやあ、お染、お前の親の話は聞いたことがなかったが、早くに亡くしたのかい」

思わず栄三郎は訊ねた。

「まあね……。ふッ、ふッ、ちょうど今は栄三さんと二人だけだ。何ならゆっくりとその話、聞かせてあげようか……？」

「そうかい……。それを聞くのもおもしろそうだが、今は聞かずにおこう」

「何だい、聞きたくもねえってかい」

「いや、聞いたらお染がお染でなくなっちまうかもしれねえからな」

「ふッ、栄三さんはちょっと不幸せな昔を持つ女に出会うと、放っておけない男だからね……」

お染は少し皮肉に言って、栄三郎の盃《さかずき》に熱い酒を注《つ》いだ。

「おれはそういう男かい」

栄三郎は何やら、自分の萩江への想いをお染に見透《みす》かされているような気がして、じっとお染を見たのだが——。

「栄三さん、ご覧な。雪が降ってきたよ……」

お染はもう窓の外を向いていた。

その目の向こうには、白い雪がちらほらと舞っている。

「わっちはやはり……、師走は嫌いだよ」

お染はまたぽつりと言った。

第四話　女剣士

一

「これはいかぬな……」

松田新兵衛は渋面を浮かべた。

この日は朝から本所石原町の永井勘解由邸で出稽古《でげいこ》をすませ、今はその帰り道であった。

それが、大川《おお》沿いを行き、両国橋にさしかかった辺りで何やら殺気のようなものを覚えた。

その殺気はなかなか消えてなくならず、両国橋を渡る途中、新兵衛ははっきりと何者かにつけられていることを察したのだ。

剣客《けんかく》の道を歩んでいるのである。思わぬところで人の恨《うら》みを買うことも多い。

そこから逃げるつもりはないし、いつでも相手をしてやる覚悟は出来ているが、感情に流されて人目もはばからず斬り合いを挑んでくる輩《やから》にはうんざりとする。

新兵衛が、これはいかぬと渋面をつくったのは、今彼に注がれている殺気がどうもこのうんざりするもののように思われたからである。

「待て！」

案に違《たが》わず、橋を渡ったところで何者かが新兵衛を呼び止めた。

ゆったりと振り返ると、そこには一人の浪人風の男が肩を怒らせて立っていて、新兵衛を睨《にら》みつけていた。

人を見下《みくだ》すような様子を見るに、日頃腕自慢のやさぐれ浪人というところであろう。

「その方、おれを覚えていよう……」

浪人風は低い声で言った。

「はて……」

新兵衛は首を傾《かし》げたが、

「忘れたとは言わさぬぞ。先夜、回向院《えこう》門前にて会《お》うたはずだ……」

「おお、あの折の……」

言われて思い出した。

十日ほど前のことであった。

新兵衛は直心影《じきしんかげ》流・大沢鉄之助《おおさわてつのすけ》に出稽古を請《こ》われ、本所亀沢《かめざわ》町にある大沢の道場を訪ねた。

そこであれこれ剣術談義に付き合わされ、道場を出た折にはすっかりと日が暮れていた。

回向院の門前を通りかかった時であった。

「はッ、はッ、はッ、まあそんなわけで、刃《やいば》を交えること十数度、このおれは一度たりとも後《おく》れをとったことはない。何かの折はいつでも相談に乗るぞ……」

などと太平楽を並べながら道行く一人の浪人に行き合った。

浪人の周りには処《ところ》の若い衆が一様にほろ酔い加減で取り巻いていて、調子よく気勢をあげていた。

「いやいや、先生みてえに強《つえ》えお人を見たのは初めてですぜ」

「さっき見せてもらいやした居合は見事なもんでしたぜ」

聞きたくもない追従《ついしよう》の言葉であったが、それから察するに、浪人は素人《しろうと》相手に居合の技を見せ、どこぞの用心棒になれるよう己《おのれ》を売り込んだのであろう。

若い衆たちも、腕の立つ〝先生〟とお近付きになれて、今宵《こよい》は怖い者なしだと気勢があがっているようだ。

――くだらぬ奴らだ。

新兵衛はやり過ごそうとしたが、一団は道の真ん中で馬鹿話をしてなかなか動こうとしない。

それならば道の端をすり抜けるなりして避《よ》けて通ればよいものを、他の町の者たちが怖がって回り道する様子を見ると、新兵衛は黙っていられない。

剣友・秋月栄三郎からは、このところ随分《ずいぶん》と人間が丸くなったと言われている松田新兵衛ではあるが、こういうところの剛直さは変わっていない。

道を真《ま》っ直《す》ぐに行くや、

「町の衆が迷惑をしている。もう少し道の端へ寄られよ……」

立ちはだかる浪人に窘《たしな》めるように言った。

「何だ汝《うぬ》は……」

浪人はじろりと新兵衛を見た。

それから先はわざわざ述べるまでもなかろう。

酒と強い先生の力を借りて若い衆が新兵衛をからかい、浪人がこれにのせられて新兵衛を罵《ののし》り、まるで怯《ひる》まない新兵衛を脅してやろうと刀の柄《つか》に手をかける――。その刹那《せつな》、刀を抜くまでもなく浪人の体は宙を舞い、若い衆たちの頭上に落下したというわけだ。

「おのれ、あの折はおれも酒に酔うていたゆえ思わぬ不覚をとったが、満座の前で恥をかかされては黙っておれぬぞ……」

あの日、若い衆の前で不覚をとり、それからまるで相手にされなくなったのであろう。浪人は激しい怒りを顕《あらわ》にして新兵衛に迫った。

どう考えても、刀を抜く間もなく投げとばされた相手にわざわざ絡《から》んでいくというのも馬鹿な話ではある。

しかし、酒というものはあらゆる記憶を曖昧《あいまい》にするようだ。その上に、あの時新兵衛が放った技が常人では考えられない早業《はやわざ》であっただけに、この浪人には敗北感がまるでないのであろう。

「ここで会《お》うたが因果と諦《あきら》めろ。おれと果し合いをしてもらうぞ……」

こういう時は、

「もうすんだことではござらぬか。あの折は貴殿もしたたかに酔うていたゆえ、何かのはずみであのようなことに……。まあ、許してくだされ……」

などと言ってかわしておけばよいのだ――。そのように秋月栄三郎から日頃宥《なだ》められている新兵衛であるが、こちらに落ち度があるわけではないのに、何故《なにゆえ》許しを請わねばならぬのだ――。かえって怒り出すところはいまだ変わらぬ。

「果し合いだと……。そのようなことを軽々しく申すではない。おぬしを斬ったとて、己《おの》が刀の汚《けが》れとなるだけだ」

言いたいことをはっきりと言って、ぐっと睨みつけると再び歩き出した。

日々剣の道にあって精進《しょうじん》を怠《おこた》らぬ新兵衛に睨まれ、一瞬たじろいだ浪人であったが、新兵衛は相手にせず立ち去るつもりでも、こう言われては浪人も引くに引けない。真《まこと》に新兵衛、怒ると一言多くなる。

「待て！　おのれ、刀の汚れと申したな！」

「申した。それゆえ果し合いは断ると申しているのだ」

新兵衛は足早に道行く。

「待て！　逃げるか卑怯《ひきょう》者め……」

それを追いかけて浪人は新兵衛の前へ回り込むと、抜刀した。

すでに二人のやり取りを耳にして集まり出した野次馬が、白刃《しらは》を見てあっと声をあげた。

——まったく、これでまた栄三郎に笑われる。だが、それでもおれは悪くないのだ。

新兵衛らしい納得の仕方で、彼は浪人の前で身構えた。こうなることも予測して、新兵衛はその身を大川端の広い岸辺に移していた。

「おのれ、容赦《ようしゃ》はせぬぞ……」

浪人は刀を一旦鞘《さや》に納めた。

独特の間合から斬りつける抜刀術を遣《つか》うつもりなのであろう。怒りに震える浪人は、かくなる上は新兵衛を斬り殺してもよいと思ったのだ。

それでも果し合いの体裁《ていさい》をとらねば後々面倒なことになると考えたのか、

「新刀関田流《しんとうせきた》・端山行之助《はたやまゆきのすけ》……」

と、名乗りを上げた。

「しつこい奴だ。名乗るつもりはない」

それでも新兵衛は名乗らず、果し合いにのらなかった。

結局は相手にならざるをえないのだが、このあたりが松田新兵衛という男のどこまでも頑固《がんこ》なところなのである。

「うむ……！　どこまでもこのおれを嬲《なぶ》りよるか！　おのれ！」

端山なる浪人は少しばかり気取って名乗りを上げただけに、これをすかされて見物人の手前極《きま》りが悪く、恥ずかしさを吹き消すかのように腰の刀を抜き放った。

なるほど腕に自信を持っていたことがわかる。見事なる抜刀術である。

ぐっと右足を踏み込んで繰《く》り出した一刀は凄《すさ》まじく、相手の体を真っ二つにできるはずであった。

だが、気楽流・松田新兵衛の剣の腕は、ここ数年円熟の度合を増している。

今日は酒に酔っておらぬ端山がやにわに仕掛けた手練《てだれ》の抜き打ちに、その体は鮮やかに反応していた。

「うむッ！」

低い唸《うな》り声と共に、ほとんど同時に抜き放った新兵衛愛用の水心子《すいしんし》正秀《まさひで》二尺五寸（約七十五センチ）が、下から端山の刀を捉《とら》え、はね上げた。

「ほう……」

見物人から溜息《ためいき》が洩《も》れた。

はね上げられた刀はそのまま見事に端山の手から放れ、宙へ飛んだ。

「むッ！」

新兵衛は徒手となった端山の喉元《のどもと》に左手ひとつで刀を突きつけると、空《あ》いた右手で落下してきた端山の打刀《うちがたな》の柄を受け止めた。

これには端山本人も見物の衆も声が出なかった。

「これは果し合いなどではない。おぬしの戯《ざ》れ事《ごと》におれが付き合わされた……。ただそれだけだ」

新兵衛はそう言い置くと、端山の刀を地面に突き立て、己が刀を鞘に納めて踵《きびす》を返した。

この時、再び見物衆から溜息が洩れた。

しかし、松田新兵衛は讃美する人々から逃れるように、さっさとその場を離れた。

「どこまでも果し合いにのらぬ……。ほんに頑固な男だ……」

端山行之助は怒りも羞恥《しゅうち》も忘れ、しばしその場に立ち竦《すく》んでいた。

──またやってしまった。

新兵衛はほぞを嚙《か》んだ。

己が正義に何ら恥じる覚えはないが、このような目立つことをした後はたいがいにおいて面倒なことが起こるのだ。

「お待ちくださりませ……。今の見事なお手並を拝見仕《つかまつ》りました……」

などと言って、あれこれ剣術談義をしてくる者や、

「何卒《なにとぞ》、某《それがし》に一手御指南を賜《たまわ》りますように……」

己が道場へ連れて行こうとする者が現れるのである。

こうなると、自らも名乗らざるをえなくなる。しかし、うっかり名乗ると後の付き合いが面倒くさい。

「何がいけないんだ。気楽流・松田新兵衛の名が響き渡るのだ。剣客としては誉《ほま》れ高きことではないか」

秋月栄三郎はきっとそう言うであろうが、付き合いにかまけてしだいに自分の剣を見失っていく剣客を新兵衛は何人も見ている。

そうでなくてもこの三年近くの間、剣友の栄三郎が始めた〝取次屋〟なる仕事に何度も付き合わされて、剣術修行以外にあれこれ時を費《つい》やしてきた新兵衛なのである。

――とにかく、さっさと行ってしまおう。

何よりも怖いのは、面倒を嫌うあまり声をかけてくる者を邪険に扱ってしまい、また新たな揉《も》め事《ごと》を起こすことである。

新兵衛はこの場を逃げる謂《いわ》れもないので、急ぎの用がある体《てい》を装い、大股でどしどしと歩いた。

ところが、大川沿いを少しばかり南に進んだところで、

「お待ちくださりませ……」

凛《りん》とした武士の声が新兵衛を早速呼び止めた。聞こえぬふりをするには、あまりに好く通る声で、その響きは実に誠実に思えた。

新兵衛は仕方なく立ち止まった。

すると、二人の剣士がさっと新兵衛の前に回り込んで、深々と頭を下げた。

「何卒、不躾《ぶしつけ》をお許しくださりませ……」

二人の剣士は三十絡みの武士と、まだ十五、六の弟の二人連れに見えた。

いずれも目鼻立ちの整った美しい面相で、共に黒縮緬《くろちりめん》の羽織に鷹《たか》の羽紋《はもん》をつけ、薄色の小袖《こそで》に袴《はかま》姿である。一見して、どこぞの裕福な道場主の子弟のように思われた。

まず恭《うやうや》しく新兵衛に挨拶《あいさつ》をしたのは年長の方で、弟と思《おぼ》しき方はその後ろに立って少し恥ずかしそうに下を向いていた。

「今の見事なお手並、しかと拝見仕りました……」

「それはどうも……」

やはり出た――。いつもと同じような言葉を投げかけられて、新兵衛はいささか辟易《へきえき》として応《こた》えたのであるが、折目正しい物の言いようには好感が持てた。

「某は、並木雄之助《なみきゆうのすけ》と申しまして、並木白雲斎《はくうんさい》の跡を継《つ》ぐ者にござりまする……」

「おお、左様《さよう》でござったか……」

新兵衛はその名を聞いて興をそそられ、思わず口許《くちもと》を緩《ゆる》ませた。

並木白雲斎は並木一刀《いっとう》流を創設した剣客で、広く一般に知れ渡った武芸者ではないが、その型稽古をとことん身につけさせる指南法は一部の剣術師範に絶賛されていた。

　近頃は防具使用による竹刀《しない》での打合い稽古花盛りであるが、木剣による型稽古を地道にすることこそ上達の秘訣《ひけつ》であるという白雲斎の持論を聞き及び、新兵衛は納得させられたことがある。

　しかし、流派が違う上に、地道な稽古中心の並木道場ともなれば、なかなか稽古を願うことも叶《かな》わなかったのである。

「御高名は兼々《かねがね》お聞きいたしておりましたが、左様でござったか、御子息であられたか……。とんだところを見られたものでござるな」

「いやいや、立派な御振舞でござりました」

「真に恥ずかしい限りでござる。これは申し遅れました。某は気楽流・松田新兵衛と申す者にて……」

　新兵衛はいつしか名乗っていた。

　並木雄之助は新兵衛ほどの剣客を知らなかったとは不覚であったと恥じ入り、三月《みつき》前に亡くなった父・白雲斎に引き合わせたかったたと嘆《なげ》いた。

　新兵衛もまた白雲斎の死を知らなかったことを恥じ入り、自分はまだまだ修行中の身であるゆえに畏《おそ》れ多いことだと応えた。

「いえ、父も喜んだことと存じまする。のう、留以《るい》……」

雄之助は傍《かたわ》らに控える弟らしき剣士に話しかけた。

新兵衛は頷《うなず》く留以を見て、

「留以殿……」

思いもかけぬ名であることに小首を傾げた。

「はッ、はッ、御無礼をいたしました。これは一見すると某の弟のように見えまするが、その実、留以と申して、妹なのでござりまする」

「妹……」

「はい。どうしても剣を学びたいと申し、日頃からこのような恰好《かっこう》をして困っておりまする……」

弟だと思っていた若者は、男装の女剣士であった。十五、六の若衆に見えたが、女となればもう少し歳《とし》も上なのであろうか。

呆気《あっけ》にとられる新兵衛を見て、留以はいささかも悪びれることなく、

「留以にござりまする。この後好き折がござりますれば、どうぞ御教授くださりませ……」

はきはきとした口調で改まった。その声はやはり、美しい女のものであった。

二

通り過ぎる人々が、その艶《あで》やかさにいずれも振り返って見た。

あまりにも美しい、武家の美少年を見てのことである。

だが、美少年と思いきや、それは真実女であることに誰も気付かなかった。

女剣士は件《くだん》の並木雄之助の妹・留以である。

師走《しわす》に入ったこの日、留以は亡父・白雲斎の古参の弟子が体調を崩していると聞き及んだ兄・雄之助から託《ことづ》かり、西本願寺《にしほんがんじ》門前の住まいへ見舞の品を届けに出ていたのである。

剣術道場で生まれ育った留以にとって、剣術は心安まる遊びであり、十歳で母親を亡くした後は生き甲斐《がい》となった。

父・白雲斎は娘への武芸指南は心得程度に留《とど》めておくつもりであったのだが、留以はまるで言うことを聞かずに、

「わたくしを男だとお思いくださりませ」

と言って、門人たちと同じ恰好をして日々暮らし始めた。

白雲斎はためらったが、愛娘《まなむすめ》を手許《てもと》に置いておくことも悪くはないと、つい親心が前に出てこれを許したが、

「男じゃと思え……。そう申すなら容赦はせぬぞ……」

手加減することなく稽古をつけ、留以はこれによく堪《た》えた。

しかし、白雲斎は、留以の身のこなしがまだ大人の男相手には存分に渡り合えぬ段階で急死した。

「留以、お前に申し伝えておきたいことがある……」

そう告げられながら、何も聞かせてもらえぬままの死であった。

きっと亡父はあれこれ極意を自分に伝えたかったことに違いない――。

その想いを胸に、留以はこの三月の間いっそう稽古に励み、男の門人たちと互角に稽古ができている自分を確かめていた。

これまでは、父も兄・雄之助も男装で外へ出ることを喜ばなかったゆえに、両刀を帯びての外出は控えていたのだが、父が亡くなった今は、

「兄上、わたくしも他の門人と同じように、時には兄上のお供をしとうござります……」

これを強く願い、雄之助も渋々《しぶしぶ》ながら許すようになった。

——道場に籠《こ》もってばかりでは見聞は広まらぬ。

留以は一月《ひとつき》ほど前に町で見かけた目の覚めるような立合を思い出していた。

父・白雲斎も名剣士であったし、跡を継いだ兄も相当遣う人であると、留以は日頃より誇りに思っている。

しかし、滅多と見られぬ真剣を抜いての剣技を通りがかりに目の当《ま》たりにして、江戸にかくも素晴らしい手並を持った武士がいたものかと、留以は激しい興奮に襲われた。

武士は気楽流・松田新兵衛と名乗った。

色々と剣術についての高説を兄・雄之助は聞きたかったようだが、松田新兵衛という男は、

「いまだ剣術修行の半《なか》ばにて、何卒お許し願いたい」

と言ってそそくさと立ち去った。

その武骨ぶりは真に筋が通っていて清々《すがすが》しかった。

留以が女であることを知って驚きはしたが、一瞬たりとも好奇の目を向けず、女を男と見間違ったことを詫《わ》びた。決して、女だてらに何故《なぜ》剣術を究《きわ》めるのか——などといった疑問をぶつけてはこなかった。剣術のことについては、

「励まれよ……」

ただ一言だけであったが、留以を一人の剣士として扱ってくれた。

外出をするからこそ、ああいった素晴らしい武士に出会うことができるのだ。

留以は一瞬たりとも町で起こったことは見逃すまいと町を歩いた。

そして無事、見舞の品を届けての帰り道であった。

留以は京橋の北に簗田仁右衛門《やなだにえもん》という具足師が開いている〝武具屋〟があったことを思い出し、立ち寄ってみようと京橋川沿いに西へ出て、真福寺橋《しんぷくじ》を渡った。

「はて……」

留以はそこで思わず耳を澄ました。

どこからか、竹刀の音が響いてきたのであった。

どうやら近くに剣術道場があるようだ。

しかも、竹刀の音を求めて道行くと、かん高い掛け声が竹刀の打突の音に合わせて響いてくるではないか。

それは明らかに自分と同じ女剣士の存在を示していた。

留以は興をそそられた。

大名家や旗本御家人の子女が屋敷内で武芸を学ぶことは珍しくはないが、町道場で女が剣術を習っている姿を、留以はいまだかつて見たことがなかったのである。

自分の場合は道場主の娘であったから、男の門人たちと共に稽古をこなせるようになるまでは、父や兄が稽古の合間を縫《ぬ》って教えてくれたものだが、この声の主はいかなる境遇の女なのであろうか――。

留以の足は自《おの》ずと剣術道場を探していた。

やがて留以は水谷町の表通りで立ち止まった。

表長屋を三軒ばかりぶち抜いた様子の、小さな稽古場がそこにあった。

看板はあがっていないが、格子《こうし》の武者窓から中の様子が窺《うかが》えるようになっている。

そっと端の方から覗《のぞ》き見ると、中では真っ白な刺子《さしこ》織《おり》の稽古着に紺《こん》袴姿の女剣士が、防具を着用して指南役相手に打ち込んでいる姿が窺われた。

「えいッ！　やあッ！」

という声も勇ましく、次々に技を繰り出す様子を見て、留以は絶句した。

女剣士は舞うがごとく巧《たく》みな足捌《あしさば》きで、遠間からでも近間からでも的確な打ちを決めている。

その調子が心地《ここち》好いのか、受け手の指南役もいかにも楽しそうに打たせているように見受けられる。

何よりも信じ難いのは、女の身でありながら、なかなかに息があがらないことである。

男にも引けはとらぬと自負する留以よりも、すべてにおいてこの女剣士は技量が勝《まさ》っているかに思われた。

「よし！　お咲《さき》、少し休むぞ……」

「はい！」

師弟は、呆気にとられて窓の外に佇《たたず》む留以のことなどまったく知らぬ様子で面を外した。

この道場が、秋月栄三郎が開く〝手習い道場〟であることはもはや述べるまでもなかろう。

面を外した師弟の顔は、秋月栄三郎と彼の自慢の弟子・田辺屋の娘・お咲であった。

——これは、何ということであろう。

留以は唸った。

手練の女剣士は自分と同じくらいの年頃の娘で、この道場にはお咲という娘の他はほとんど門人がおらず、稽古場の端で尻からげをした町の衆が二人で型の稽古をしていた。

見る限りでは、道場の師範が物好きで剣術を町の者相手に教えているように思える。

その場で棒立ちになる留以を、さても美しい若武者がいると興味を惹《ひ》かれたのか、少しばかり間の抜けた男が三人寄ってきて、

「あの娘さん、なかなか大したもんでしょう」

「まあ、どうせわかることだから申し上げますがね。あのお人はお咲お嬢さんてえましてね。田辺屋っていうとんでもねえ大店《おおだな》の娘さんなんですぜ」

「ここの先生は強《つえ》えのに、欲がありませんでねえ……」

口々に訊《き》いてもいないことを話しかけてきた。

三人は、勘太、乙次、千三――〝こんにゃく三兄弟〟であった。

べらべらと三人が話しかけてくることから察するに、ここの道場主は秋月栄三郎という武士で、近在の子供たちに読み書きを教える手習い師匠で、その合間に町の物好きたちに剣術を教えているらしい。

お咲はその物好きの一人で、田辺屋宗右衛門《そうえもん》という分限者《ぶげんしゃ》の娘だという。

この三人も田辺屋の男衆《おとこし》で、秋月栄三郎の剣の弟子のようで、師匠とお嬢さんが好

きで堪《たま》らぬと見える。

話せば自分が女剣士ということがわかって、このおめでたい三人が大騒ぎするかもしれぬ。それゆえ、留以はいちいち相槌《あいづち》を打って聞いていたのだが、そのうちに、自分のように剣術に打ち込む女がいるのかという好奇心が、お咲への敵対心に変わってきていることに気付き始めていた。

さらに――。

このお咲という娘は、秋月栄三郎という師の凄腕《すごうで》の剣友にも時折稽古をつけてもらっているそうな。

それは道場の内から聞こえくる師弟の会話からも知れた。

その稽古場では――。

面を取って束《つか》の間《ま》休息したお咲が、すぐにもう一手指南をと師の栄三郎に望んだ。

お咲の手習い道場での剣術稽古は日増しに本格的なものになっていた。

栄三郎は大商人の娘に、自分がかつて岸裏伝兵衛の許《もと》で学んだほどの稽古を課して好いものかためらった。

しかし、田辺屋宗右衛門は、

「万事、お咲が満足のいくよう、教えてやってくださりませ」

と栄三郎に預けたし、教える栄三郎も、日々開花させていく、お咲の天賦《てんぷ》の才を見守るのが楽しくなって、つい稽古にも熱が入っていたのである。

それでもこの日は、

「まあそれほど根《こん》を詰めずともよい。明後日は新兵衛が来てくれることになっている。力はその時まで溜《た》めておくがよいわ……」

栄三郎は稽古をしすぎてかえって体調を崩さぬようにとお咲を窘めた。お咲が心待ちにしている師範がここへ来ることを明かして――。

「松田先生が……」

お咲はたちまちぽっと顔を赤らめた。

そもそもお咲が剣術を始めるきっかけになったのは、破落戸《ならずもの》に絡まれているところを助けてくれた松田新兵衛に恋をしたことに始まる。

新兵衛が、剣術修行の身には寄り添う女とて不要であると頑《かたく》なまでに思い決めていることを知るや、その心情に少しでも近付きたいと、新兵衛の剣友・秋月栄三郎の許で剣術稽古を始めたのである。

いまだ愛《いと》しい人と結ばれることはないのだが、大好きな剣術の稽古を大好きな松田新兵衛に時折教授してもらうことの楽しさを覚えた今は、結ばれずとも幸せであった。

とはいえ、並木留以にはそのような事情など知る由《よし》もなかった。

留以がその様子を察するに、この娘は秋月栄三郎の親しい剣術師範に恋をしていて、その剣術師範こそがどうやら気楽流・松田新兵衛であることがわかった。

その瞬間、留以は言いようのない衝撃を受けた。

その感情が、いったい自分の体内のどこから湧《わ》きあがったものかはわからなかったが、

――あのお方が明後日、この道場にお見えになる。

それだけは確かなことであった。

そんな留以の心の動きなどまるで知る由もないこんにゃく三兄弟は、武者窓から中を覗きつつしきりと無駄口を叩《たた》いていたが、

「若様……、そういうあっしらも、実はこれからここで剣術を教えてもらうのでございますよ……」

調子よく長男の勘太が留以に話しかけた時、その姿は忽然《こつぜん》と消えていたのである。

三

その二日後——。

並木雄之助、留以兄妹は柳橋《やなぎ》の北にある並木道場を師範代に任せ、京橋水谷町へと出かけた。

もちろん、兄妹はあの日以来気になっていた剣客・松田新兵衛の稽古姿を一目見たかったのである。

雄之助は、他流との交流を好まなかった父・白雲斎とは違って、流派を問わず世の剣客と付き合い、その長所を取り入れていくことがこれからの並木一刀流の道であると日頃から思っている。

それゆえ、たまたま留以を連れて所用に出た帰りに出会った松田新兵衛なる剣客の腕に感服し、

「何卒、某の稽古場にお越しを願い、一手御指南のほどを……」

と、丁重《ていちょう》に迎えようと思ったのだが、この剣客は出稽古の日数などもしっかりと決めているのか、名乗りはしたものの逃げるように立ち去ってしまった。

その態度は、修行中の身があれこれ人にものを教えるべきではないと思っているように見えた。

「かくも古《いにしえ》の剣豪のごとき武士がいたものか……」

松田新兵衛ほどの剣客が、易《やす》く人に剣術を教えられぬと言うならば、三十になったばかりの自分は道場主であることすら恥ずかしくなる。

何とか再び捉《とら》えて教えを請いたいと、別れた後にその思いがこみあげてきていたのだ。

それが、留以によって京橋水谷町の道場に現れると知れたのである。でかしたとばかりに出かけたのだ。

今日、松田新兵衛が件の道場に現れると知ってより、留以は口数も少なく何やら緊張した様子を漂《ただよ》わせていた。

あれだけの腕を持つ剣客の稽古を見ることができるのだ。それゆえの武者震いなのであろう――。

雄之助は妹の異変をそのように見て、

「松田殿は妻をお持ちなのであろうか……」

道中、留以にそんなことを訊いてみた。

「はて……。何故《なにゆえ》そのようなことを……」

妹の緊張を解こうとしたゆえの言葉であったのだが、留以の表情は強張《こわば》ったままだ。

「あのお方が独り身ならば、お前をもろうてはくださらぬかと思うたのだ」

雄之助は笑いながら言った。

「おからかいになられますな……」

留以は心外だとばかりに雄之助を睨むように見た。

「わたくしとて修行中の身。それに、とっくに女であることは捨てております……」

留以はそう言うと、雄之助の言葉をさえぎるようにして歩調を速めた。

確かに留以は、松田新兵衛に対して尊敬の念はあれど恋情は抱いていなかった。だが、兄の言葉は彼女の脳裏《のうり》に、お咲という大店の娘の美しい顔を蘇《よみがえ》らせた。

先日水谷町で見かけて以来、留以のお咲に対する嫌悪は日増しに高まっていた。

まず気に入らないのは、お咲が松田新兵衛に恋をしていることである。

新兵衛ほどの男である。これに焦《こ》がれる女がいたとて不思議ではない。だが、町人の分際で剣の修行の苦難をも知らず、ただ男に恋をしたという理由で自分も剣術を始めたなどというのはあまりにも思い上がっているではないか。剣術修行そのものを馬鹿にしているではないか。

聞けば娘は田辺屋という富商のお嬢様であるという。おそらく親の後押しを受けて、巧みに松田新兵衛の剣友であるというあの剣術指南に弟子入りして、時に松田新兵衛の指南を受ける栄誉に与《あずか》っているのであろう。

松田新兵衛は剣一筋の男である。まさかに大店の娘から迫られて気を許すこともあるまい。よほど商人の知恵を働かしたに違いない。

それをあのように、

「松田先生が……」

などと、指南を受けられると聞くや、恥ずかしげもなく満面に笑みを湛《たた》えるなど、はしたないにもほどがある。

父・白雲斎は、兄・雄之助とは違って万事保守的で、武家以外の者が剣術を習うことを嫌った。

武芸というものを習うには、まずその心がけが必要である。斬る相手を称《たた》え、斬られたとて、これを憎まぬ武人が持つ生死への潔《いさぎよ》さが大事であるというのが信条であった。

ただ、喧嘩《けんか》に強くなるためや、道楽で剣をかじる——などという行為には、大いに嫌悪を抱いていた。

留以は父のその精神が好きであった。

性格は父親似で、兄よりも融通《ゆうずう》の利《き》かないところが留以にはある。

それゆえに、女の身ながら武芸の道に生きたいと思い決めた時は、自分自身へのけじめも厳しくつけた。

並木一刀流の門人たちにも、

「わたくしを女と思って手加減などしたら、恨みまするぞ！」

と言い放って、女であるという甘えを断ち切ったのであった。

それほどまでして、身を一旦捨てるつもりで生きてきた女剣士の留以にとって、お咲のような存在は認めることができなかったのだ。

「やれやれ、お前はむつかしい……」

雄之助はそんな留以に苦笑した。

その実、この心優しき兄は、利かぬ気の妹には女としての暮らしを人並に送ってほしかったのであるが、今、留以がこんな風に一人の娘に敵意を抱いているとは思いもかけなかった。

留以は雄之助に松田新兵衛の話はしたが、水谷町の小さな道場で見た女剣士の存在は報《しら》せていなかったのだ。

お咲の話をすれば、自分が商人の娘ごときを気にしていることを兄に悟られるような気がしたからである。

さらに留以が何よりも気に入らぬのは、あの町人の娘が見せた流麗な剣技であった。

松田新兵衛に焦がれて剣術を始めたとすると、たかだか二、三年の修行でしかあるまい。

それが、子供の頃から剣に慣れ親しんできた自分が呆気にとられるほど、お咲の剣は冴《さ》えていた。

だがそれは、絶対に認めたくないことであった。

町人のお嬢様芸の剣術が、戦国の頃からの武門の出である並木家の娘に勝っているはずはない。

留以は何としても、このえも言われぬ煩《わずら》わしい思いを打ち破りたかった。

それゆえ、本日水谷町の手習い道場を訪ねるにあたっては、内心秘めた計画があったのである。

「おお、留以、ここのことじゃな……」

雄之助は、表通りに面したちょっと風変わりな道場を見つけて立ち止まった。

「はい、こちらでございます……」

留以は胸の高鳴りを抑えて応えた。

武者窓から中を覗くと、気に入らぬ町人の娘がいて、すでに松田新兵衛から型稽古をつけてもらっている様子が窺えた。

それを道場主である秋月栄三郎がにこやかに見守っていた。

お咲の新兵衛に向けられた目は真剣そのもので、新兵衛の助言に対して、ひとつひとつはきはきと答えている。

「うむ、留以、よくやってくれた。まさしくあれは松田新兵衛殿じゃ……」

雄之助は満面に笑みを湛えたが、すぐに新兵衛が教えている美しい女剣士のお咲に目が釘付けになり、

「これはおもしろい。この稽古場にも娘の剣士がいるではないか……。見ればなかなか好い太刀筋《たちすじ》じゃ。そうか、あの娘御がいるによって、松田殿は留以が女であると知ってもさのみ驚かなんだのだな……」

と、少し興奮の色を浮かべた。

「左様でござりますな……」

留以はまるで興味がないという顔をして、

「ここは町の物好きたちが稽古をつけてもらいに来るところと聞いておりますから、さぞかしあの娘もそうなのでございましょうが、これでは松田様のなさるお稽古を拝見するに、何やら物足りのうございますな……」

随分と冷淡なものの言いようをした。

いつにない厳しい口調に、雄之助はまじまじと妹の顔を見た。

女を捨てて黙々と剣術稽古に打ち込んできた留以が、明らかにこの町人の娘を意識している。

それは留以が女であるからこその対抗心ではないのか——。

ふっとそんな想いが雄之助の頭の中をよぎった。

留以は雄之助の視線を避けるかのように、手習い道場の出入口に立って案内を請うた。

稽古場で木太刀《きだち》を手に指南をしていた新兵衛は、留以とその後ろに立っている雄之助の姿を見て目を丸くした。

「おお、御両所はいつぞやの……」

並木雄之助は、偶然にも前を通りかかったところ、この道場に松田新兵衛の姿を見かけたのだと言った。

「先だってはお近付きになることも叶わず、随分と残念な想いをいたしていたところ、今日またここでお目にかかれました。これも何かの縁と思《おぼ》し召し、せめてお稽古ぶりを拝見いたしとうなりまして……」

そしてこのように辞を低くして願うものであるから、たちまち秋月栄三郎は並木雄之助の人となりを気に入り、女の身ながら剣術に打ち込む留以を称え、

「新兵衛、これほどの御兄妹を粗末に扱《あつこ》うてよいものか。この後、よろしくお付き合いを願わぬか」

などと松田新兵衛との間を取りもった。

こう言われては、新兵衛も元より兄妹には好感を抱いていたから、

「大した稽古もお見せできぬが、ゆるりとなされてくだされい」

と、快《こころよ》くこれに応じた。

お咲は何といっても男装の女剣士・留以の姿に見惚《みと》れ、

「この後はどうぞ、お近付きのほどをお願い申します……」

と丁重に頭を下げた。

お咲としては、留以が内心自分のことを疎《うと》ましく思っているとは露知らず、素直に交誼《こうぎ》を願ったのである。

「これは痛み入りまする……」

留以は道場師範の娘に生まれた身の貫禄を見せてあしらうように応えたものだが、お咲が自分に〝女は女同士〟などという思いを抱いているのであれば、それこそ思い上がったことだとさらにこの大店のお嬢さんが疎ましくなってきていた。

その後、留以は兄と共に新兵衛と栄三郎から岸裏伝兵衛仕込みの気楽流の型を習い、自らも木太刀を取り、新兵衛の指南を受けるという栄を得た。

「ならば少しの間、御免くだされい……」

新兵衛はその後、兄妹の前でお咲を相手に防具着用での稽古をつけた。

「何と……」

これに並木雄之助が瞠目《どうもく》した。

女のお咲相手の稽古であるから新兵衛の本当の強さまでは窺い見ることができなかったが、問題はお咲の腕のほどである。

留以は兄が、先日自分が受けた衝撃と同じものを感じ取ったのであろうと見た。

今日は受け手が松田新兵衛となったことで、先日とは違ったところでお咲の技が冴えている――。

それはお咲の順応力の高さを表していた。

栄三郎は終始にこやかに愛弟子《まなでし》の成長を見守っていたのだが、

「よし！　それまでとしよう……」

やがて稽古の終わりを告げた。

面を外したお咲のぽっと上気した顔は、二十歳《はたち》を過ぎた女の艶やかな色香が増し、
何とも美しかった。

愛しい殿御に稽古をつけてもらった喜びが、その上に潤《うるお》いを与えていたからなおさらである。

「見事でござる！」

雄之助は思わず声をあげていた。

「秋月殿、よくぞここまでに育てられましたな。感服仕りまする」

「お咲に天賦の才があったということでござりましょう」

栄三郎は雄之助の言葉を素直に受け、なおかつ弟子の自慢をした。それが雄之助には頰笑《ほほえ》ましく映《うつ》ったが、留以の目から見ると〝はしたなく〟思えた。

「不埒《ふらち》な物言いではござるが、妹の留以の他に女の身でこれほどまでに遣える者がい

たとは、思いもかけぬことでござった……」

「とんでもないことでございます……」

称えられてお咲は恐縮してしまった。

「わたくしなどはまだ子供騙《だま》しの剣にすぎません。この後は留以様にもお教えいただきとう存じます……」

静かに、そして内に闘志を秘めながら、お咲を称える兄の声を聞いていた留以であったが、

「いえ、こちらの方こそお教えいただきとう存じます。どうでしょう、わたくしと仕合をしてくださりませぬか……」

と、食いついた。

「仕合……？」

お咲は思わぬ申し出に目を丸くしたが、

「まさか、わたくしが留以様の相手になれるはずがござりませぬ」

すぐにからかわれているのだと思って冗談として受け止めたのだが、留以の表情は硬く、にこりともせず、

「戯れ言ではござりませぬ。何卒仕合をしてくださいますよう……」

などと、後に引かぬ様子を見せた。

「これ、留以、いくらお咲殿の剣に感服したとて、不躾に何を申すのだ」

慌《あわ》てて雄之助はその場を取り繕《つくろ》い、新兵衛もまた、

「この者はまだ他流の御仁と仕合をするには早《はよ》うござる」

と、すかさず雄之助に同調をしたのだが、お咲はというと、

「留以様がおよろしければ、是非仕合をいたしとう存じます！」

これに天真爛漫《てんしんらんまん》に応えた。

何事にも臆せず前へ進むことしか考えぬ、お咲ならではの向上心が言わせた言葉であろうが、

「仕合をた易《やす》う考えてはならぬぞ……」

新兵衛は少し慌てて窘めた。自分の縁をもって引き合わせた者と仕合をして、不測の事態が起こっては田辺屋宗右衛門に申し訳ないと思ったのである。武門の家に生まれた留以に、商家の箱入り娘のお咲が付き合うことはないのだ。

「せっかくの御厚意、願ってもないことでござりまする。留以殿さえおよろしければ、お咲と仕合をしてやってくだされい……」

そこで、秋月栄三郎が頭を下げた。

新兵衛と雄之助は何か言おうとして栄三郎を見たが、

「そもそもわたくしが望んだことでござりますれば、お咲殿、何卒よしなに……！」

留以はもう力強く返事をしていた。

「ありがとうございます！」

すかさずこれにお咲が応じた。その表情には毛筋ほどの屈託もなかった。

ただ満足そうに頷く栄三郎に、

「そのように仰《おお》せとあらば……」

雄之助は仕方なく同意の会釈《えしゃく》を向けて、少し心配そうに妹・留以の表情を見た。

笑顔のお咲に反して、凜として表情を引き締《し》める留以の顔に、雄之助は初めて女の色を見たような気がした。

四

「栄三郎、何故《なぜ》お咲の仕合を許したのだ……」

その夜、松田新兵衛は秋月栄三郎を日本橋通南三丁目の浪宅へ呼んで詰問《きつもん》した。

お咲のことが案じられてのことであった。

「お咲はおれの弟子だ。おれの思うようにさせてもらおうか……」

栄三郎は、他流仕合を許したことを詰《なじ》る新兵衛に対して、ニヤリとした笑みを浮かべて答えたものだ。

二人の間には、湯豆腐の鍋が火鉢の上でことことと湯気を立てている。これは向かいの豆腐屋〝まる芳《よし》〟が持ってきてくれたものである。

「それはわかっている。だが、あの仕合の申し出は断るべきであったと思う。いくら是非にと請われたとて、おぬしならうまく説き伏せて断ることはできたはずだ」

新兵衛は酒にも豆腐にも手をつけず、お咲が仕合をすることは危険だと説いた。

栄三郎は豆腐をうまそうに歯の音をたてながら食べると、

「新兵衛、何が危ない。お咲が負けるとでも思っているのか」

またニヤリと笑って問い返した。

「勝負は時の運だ」

「時の運？　お前は日頃から、勝負は運ではない、修錬の多寡《たか》によって決まるものだと言っているではないか」

「何が起きるかわからぬということだ」

相手は道場師範を父に持ち、生まれたときから稽古場で暮らす娘なのであるからなおさらではないか、と新兵衛は怒ったように言った。

「お咲が留以殿にまず負けることはないと、新兵衛、お前も思っているはずだ……」

しかし、栄三郎に本心を突かれ新兵衛は言葉に詰まって、ここで初めて箸《はし》を動かした。

栄三郎も新兵衛も、留以がお咲に仕合を申し込んだのは、町娘であるお咲の腕前を見せられ、武家娘としての意地が思わずそうさせたもので、実力からすれば今のお咲にはまるで及ばないであろうと看破していた。それは留以に型を教えた時の、彼女の身のこなしを見ればわかる。

留以は自分を追い込むことで必勝を期するつもりなのかもしれぬが、仕合は十日後に並木道場にて、面、籠手《こて》をつけて執《と》り行われることに決まっている。

勝ちにこだわり、留以が危険な技を仕掛けてくることも考えられるが、防具着用となれば問題はなかろう。

「つまるところ新兵衛、お前はお咲が本物になっていくことを恐れているのだな」

新兵衛は少しの間、言葉を探していたが、

「ああ、恐れている……」

やがてつくづくと言った。

その恐れていることとは——お咲がこの先名だたる女剣士として世に知れ渡るということである。

そもそもお咲は新兵衛を慕《した》い、少しでもその精神世界に近づけるようにとの想いから秋月栄三郎に剣を習い始めたのである。

手習い道場の地主はお咲の父・田辺屋宗右衛門であったし、栄三郎は町の物好き相手に剣を教えている剣客で松田新兵衛の親友であるから、田辺屋父娘にとってはこれほど入門を願いやすい所はなかったのだ。

栄三郎にしても、お咲という娘の友を慕う健気《けなげ》さと、剣術を習うという御転婆《おてんば》ぶりが頬笑ましくて、快くお咲に剣術を指南した。

しかし、このお咲には持って生まれた剣の才があった。

たちまち町の男たちのがちゃがちゃとした稽古を尻目に上達して、あっという間に武家の少年並に剣を遣えるようになった。

栄三郎にしてみればこれがおもしろく、剣客を目指して十五年もの間、岸裏伝兵衛の内弟子として剣の修錬に明け暮れた昔を思い出し、お咲には熱心に剣を教え込んだ。

松田新兵衛とて、自分を一途《いちず》に想うお咲に戸惑《とまど》いつつも、剣の才を開花していくお咲を放っておけず、ついつい栄三郎に言われて時折は稽古相手になってやった。

修行中の身ゆえにお咲を妻にはできぬが、その分稽古をつけてやることでお咲の想いに応えようとしたのである。

そして気がつけば、お咲はとんでもなく強い女剣士になっていた。昨日までかわいい子犬と思っていたのが、一年もたたぬうちに人ほどもある番犬に育つがごとくの勢いで——。

「これまでお咲の剣の上達は、ごく内々の間で頰笑ましいことだと思われてきた。南町のお奉行様に頼まれ事をしたこともあったが、これも内密のこととて表には出なかった。だが、今度の仕合に勝てば、お咲の名は剣術の世界に広まるかもしれぬ……」

留以に勝てば、それを聞きつけた女武芸者がまた仕合を申し込んでくる。そのうちに、習い事のひとつとして身につけている剣術がお咲の日常そのものになってくるのではないか——。

「お咲にとってそれが好いか悪いか……。新兵衛、お前はそのことを気にしているのであろう……」

いつしか栄三郎が新兵衛を問い質《ただ》すような様相を呈してきた。

「いかにも……。栄三郎、おぬしの申す通りだ」

新兵衛は思い入れたっぷりに答えた。

いつしか新兵衛はお咲を愛おしく思っていた。あの箱入り娘であったお咲が、自分に想いを寄せたばかりに娘盛りを剣術ばかりに費やしてよいのであろうか。

竹刀での仕合だけならいざ知らず、剣の道を突き進めば当然、真剣をもって斬り合わねばならぬことに巻き込まれたとておかしくはない。

「おれはお咲のことが案じられてならぬ……」

「ふッ、ふッ、新兵衛、それゆえ仕合は断った方がよかったと申すのだな」

栄三郎はそんな剣友の顔をつくづくと見て頬笑んだ。

「だが、お咲はもはや鳥籠《とりかご》には入れておけぬ鷹のごとき剣士となったのだ。そして、鷹に育ててしもうたはおぬしとおれよ。ならば鷹は鷹として大きゅうなるのを、しっかりと見届けてやろうではないか」

「う〜む……」

新兵衛は唸った。

言われてみると、すべては栄三郎の言う通りであった。

破落戸に絡まれているお咲を助けたのは新兵衛の正義がさせたことであった。

そして新兵衛を慕うお咲の願いを聞いて剣術を教えた栄三郎も、田辺屋父娘への好意であり、剣友への気遣いからのことであった。

新兵衛がこれに心を動かされて、彼もまたお咲に剣術を指南したのも人情であろう。

誰のしたことも誤っていなかったが、困ったことに何の因果かお咲には天才的な剣術に対する勘が備わっていた。

大店の箱入り娘には不要であった才を、二人して引っ張り出してしまった上からは、その才能をいかんなく発揮させてやらねばならぬのだと栄三郎は言う。

「栄三郎の申す通りだな。我ら二人で天賦の才を見つけ出したことは、誇らしく思わねばならぬのだな……」

「そういうことだ」

「並木殿が帰った後、おれもすぐにおぬしの稽古場を後にしたゆえ、お咲とはゆるりと話してはおらぬのだが、どのような様子であった」

「どのような……」

「初めて仕合をするのだ。しかも相手は並木一刀流を継ぐ者の妹となれば、心が昂《たかぶ》ろう。留以殿は随分とお咲の心を煽《あお》り立てるような物言いをしていたからな」

「ああ、それならば心配はいらぬよ。お咲はただただ、仕合をすることでまたひとつ松田様のご心境に近づけます……、などと言ってはしゃいでいたよ」

「はしゃいでいた……」

「ああ、若菜摘《つ》みや潮干狩《しおひ》に行くような様子ではしゃいでいた」

「なるほど、左様か……」

「もっとも、あの利かぬ気のことゆえ、心の内では二度と偉そうな口が利けぬよう叩きのめしてやるとは思っているだろうがな」

「ふッ、ふッ、それがお咲だな」

「ああ、それがお咲だ」

二人はふっと笑い合った。

それからは湯豆腐をつつきながら、ゆったりとした剣友同士の会話となった。

「だが栄三郎、田辺屋殿に仕合の話をすれば、さぞかし娘の身を案じられるであろうな」

「いや、剣術師範のお妹様との仕合ならば相手に不足はござりませんな、と楽しみにされていた」

「もう話したのか」

「ああ、あの御仁は、おれとお前に剣術修行を任せた限りは何も案ずることはないと

「……」

「そう言われると辛《つら》いな……」

「まったくだ」

「おれは田辺屋殿に恨まれても仕方がないな」

「いや、新兵衛のお蔭でお咲をいまだ身近に置いておくことができると、むしろありがたがっておられる」

「屈託のない人だ……」

「それから、こんなことも言っていた……。今度の仕合で、その留以というお方の肩の荷を取り払っておあげなさいまし……、などとな」

「なるほど、あの女剣士の肩の荷をのう……」

「少し話しただけで、もう留以殿がどのような娘かわかるらしい。さすがは田辺屋宗右衛門殿だな」

「肩の荷を取るか……。確かにそれが留以殿の剣を上達させることにもつながろう」

「まったくその通りだ……」

「だが栄三郎、おれはうまく肩の荷を下ろしてはやれぬ。これはおぬしの仕事だな」

「やれやれ、面倒なことだ。だいたいお前が往来で果し合いなどするからこうなる」

「あれは果し合いではない」

「では何だ」

「身に降りかかった火の粉を払っただけだ」

「う〜む、やはりお前が一番面倒くさいよ……」

五

かくして仕合の当日となった。

柳橋の北、平右衛門《へいえもん》町にある並木道場では、朝から並木留以が猛稽古を続けていた。

仕合は八つ刻《どき》（午後二時頃）。

それまでにしっかりと体を温めておこうというのである。

田辺屋の娘・お咲との仕合が決まってからというもの、留以は門人の男たちを相手に激しい稽古を積んだ。

その表情には鬼気迫るものがあり、特に荒々しい稽古を留以は望んだ。

普通の女の背丈より少し高いくらいの留以であるが、全身は筋肉に引き締まり、当たり負けせぬ骨格と腰の強さが備わっていた。

鍔《つば》迫《ぜ》り合いになろうが体当たりを食らおうが、男の門人相手にひけはとらない。

それを実感する度《たび》に、お咲に負ける気がしなくなって気持ちが落ち着いた。

「留以、仕合を前にして怪我《けが》でもすれば相手にも無礼だ。ほどほどにな……」

雄之助はそんな留以を窘めた。

「仕合も稽古の内だ。あまり勝ち負けにこだわるではないぞ……」

心と体を一旦穏《おだ》やかにするように指示されて、留以は納得しつつも不満な表情を兄に対して浮かべた。

「兄上は、わたくしが負けるのではないかと思うておられるのでは……」

「お咲という娘の剣捌きを見たであろう。油断はならぬと申しておるのだ」

「油断などはしておりませぬ。あの者の剣捌きは確かに見事なものでございましたが、所詮《しょせん》は町人の道楽にござります。見た目は美しゅうとも、いざとなれば女を捨て、荒々しき門人たちと稽古を重ねてきたわたくしとは格が違うということをお見せいたしましょう……」

「左様か。ならば存分に、な」

「はい……」

雄之助は、何を言っても今の留以の耳には入らぬだろうと思って仕合のことには触れなかった。

父・白雲斎は厳しい剣客であったが、娘のことになると目が曇っていたとしか言いようがないと、雄之助は今となって思う。

女を捨ててまで剣術世界に生きようとする娘かわいさに、どうせ男のような強さを得られるはずもないのならば、心地よく剣を修めさせてやりたいと、留以には耳触りの好いことばかりを言ってきたような気がするのだ。

「もう、女子《おなご》でお前の剣に敵《かな》う者は現れまい。この後は男を打ち負かせるよう励むのだぞ……」

父のその言葉にしっかりと頷いた留以は、今まで以上に男に負けぬよう、姿も男装となって修行に励んだ。

白雲斎はそういう娘がいっそうかわいくなり、いつも傍《そば》に置いて自分の剣術への想いを語り聞かせた。当然ながら留以はそのような父を慕い、父親の言うことがすべてであると思い込んだのである。

「留以、ひとつだけお前に申しておく」

雄之助は穏やかな口調で言った。

「はい……」

「父上は、町の者が剣を学ぶことを大いに嫌っておられたが、昔こんなことがあったらしい……」

それはまだ留以が生まれる前のこと。並木白雲斎はさる大名家の剣術指南役にと望まれたことがあった。

剣客として大名家から禄《ろく》を食《は》むことは、長年浪人が続き、武芸の道を生業《なりわい》とせざるをえなかった並木家にとっての念願であったから、白雲斎は狂喜した。

ところが、一度は望まれたもののその後連絡は途絶え、結局、指南役は白雲斎ではなく他の剣客に決まった。

「その剣客は大店の次男坊でな。大名家はその店から金を借りていたというわけだ」

「つまり父上は、お金の力に負けたというわけでございますか」

「そういうことだ。そのことは一言も申されぬままに亡くなられたが、随分と悔しかったのであろうな」

「それゆえ、父上は商人が剣を習うことなど思い上がったことだと仰せになっていたと、兄上はお思いなのですか。そんな女々《めめ》しいお方ではなかったと存じますが」

留以は不満な表情を浮かべた。

「お前はそのようなことを根に持つ父上が嫌か……」

「そのようなお方ではなかったと信じております」

「左様か……」

「兄上は、父上が僻《ひが》んでおられたとお思いなのですか」

「さて、それはわからぬが、おれは指南役を金で奪われたゆえ商人を目の敵《かたき》にする父上は好きだ」

「何と……」

「あの厳しい父上に、そんな子供じみたところがあったかと思うと、おれは何やら救われたような気になるのだ」

「わたくしにはわかりませぬ……」

「この兄とお前とは十ほども歳が離れている。それゆえものの捉え方も違うが、いずれわかる」

「そうでしょうか……」

「ああ、父のありがたさと共にな……」

雄之助は妹に頰笑むと、

「おれが言いたいのは、父上の商人への屈託までお前が受け継ぐことはないということとだ。武士だ町人だ、男だ女だというものの考え方が己の剣を惑わせる。ただ相手の剣のみを見極め立合うのだ。よいな……」

並木一刀流の師範としての威を湛えて留以を諭《さと》した。

「畏《かしこ》まりました……」

留以は威儀を正してこれに応えた。

――ふッ、ふッ、半分もわかっておらぬようだ。だが今はそれでよい。

雄之助は小さく笑いつつ、それから後は見所《けんじょ》に座し、気楽流師弟の来着を待った。

「好き日になりそうだ……」

やがて雄之助がにこやかに呟《つぶや》いた時――。

仕合相手のお咲が、秋月栄三郎、松田新兵衛に伴《ともな》われてやって来た。栄三郎はさらに一人門人を連れている。これは何かと気が利く雨森又平である。

道場の出入口に姿を見せたお咲を見て、並木道場の門人たちはあっと息を呑《の》んだ。

留以の対戦相手というから、どのような凛《り》々しい女剣士が現れるかと思いきや、そのお咲はというと、いつもと変わらぬ町娘姿であったからだ。

とっくに振袖《ふりそで》は身に着けぬお咲であったが、好みの薄紅色の小袖に身を包んだその容姿は真に瑞々《みずみず》しく、

「本日はよろしくお願い申します……」

座礼をした後、物珍しそうに稽古場の様子を見回すその表情には、これから仕合に臨《のぞ》むという緊張はなく、名所旧跡を訪れて感嘆するかのような愛らしさがあった。

栄三郎は雄之助に恭しく一礼すると、

「そのように珍しがられることもござりますまい。元よりお咲は商家の娘でござりますれば……」

門人たちににこやかに語りかけ、拵《こしら》え場《ば》を所望《しょもう》したのである。

栄三郎のことゆえ、その口調にはえも言われぬおかしみがあり、たちまち並木道場の内は和《なご》やかな様子となった。

ただ一人――。

心の内に気合を込めて、それでいて平常心を失わずに静かにその時を待っていた留以の眉《まゆ》がぴくりと動いた。

――どうも気に入らぬ。

堂々たる態度で気楽流の面々に向かって頭を下げた留以であったが、その心の内は穏やかではなかった。

しかし、思えば元よりお咲が商人の娘であることはわかっていた。自分のような男装の女剣士の出立《いでた》ちでやって来るはずはないのだ。

お咲としては、留以に仕合を望まれやって来て、無礼のないように明るく振舞っているだけなのである。

それでも何もかもが気に入らぬ——。

二十歳を過ぎた留以が初めて覚えるわけのわからない感情に、彼女自身が振り回されていた。

お咲はというと——。

初めての仕合に緊張していないというと嘘《うそ》になる。

だが、秋月栄三郎と松田新兵衛に付き添われて見知らぬ剣術道場へ出向くことに、大いなる幸せを覚えていた。かつて渡り中間《ちゆうげん》をしていた又平が従者の役目まで買って出てくれて、どこかの武家の姫になった心地がして楽しいことこの上ない。

初めての仕合にあたっての心得を師に問えば、栄三郎はいつもの稽古の通りに立合えばいいだけだと答えて、

「商人の娘のことだ。負けて当たり前だから気楽なものだ。だが向こうは気負ってくるだろう。それに付き合ってはならぬ。柳に風のごとくだ」

と、ただそれだけしか言わなかった。

「わかりました！」

聡明なお咲はその意味をすぐに解した。

稽古着に着替え稽古場へ出ると、なるほど、留以の気負いが手に取るようにわかった。

栄三郎と新兵衛は雄之助に請われて見所に座し、今日は門人の出立ちで腰には小脇《こわき》差《ざし》などを差している又平が、防具を着けるお咲に付き添った。

お咲の白の稽古着に対して、留以は重厚な藍染《あいぞ》めの稽古着姿――。

勇ましくも美しい女剣士が並び立った。

やがて二人は竹刀を手に中央へ出た。

並木道場の門人たちは武骨な顔を一様にうっとりとさせた。よちよち歩きの頃から道場に顔を見せ、美しい女に成長した後も剣一筋に生きる留以は門人たちの誇りであったが、その留以に劣らぬ美しい女剣士が江戸にいたとは――。

そして、この二人がこれから竹刀を交えようとしているのだ。

雄之助は物珍しさに見に来る者のないよう、当日になるまで今日の仕合を門人たちにも明かさず、仕合を見る者を限定した。

幸いにも観覧できた者たちは固唾《かたず》を飲んで見守った。

男の自分たちと互角に剣を交える留以が望んで仕合をする相手である。果していかなる剣を遣うのであろうか——。興味はつきない。

「勝負は三本。先に二本を取った者の勝ちと致す……」

審判を務めるのは当道場古参の師範代・並木作右衛門《さくえもん》——故・白雲斎の実弟である。

他流から立てましょうという雄之助の申し出に、これはあくまで仕合稽古であるゆえに、並木道場の何方《いずかた》かが務めてくだされればよろしかろうと栄三郎が応えたゆえの人選であった。

作右衛門は実直を絵に描《か》いたような老剣客で、腕は兄・白雲斎に遠く及ばなかったが、剣術に対する造詣《ぞうけい》が深い。

会うや否《いな》や、栄三郎も新兵衛も雄之助の人選に大いに納得させられたものだ。

その作右衛門の掛け声によって、お咲と留以は竹刀を合わせるや、さっと互いの間合を取り合わんとして動いた。

いよいよ仕合の始まりに、見守る剣士たちの吐いた太い息が烈風の音《ね》のごとく稽古場に響いた。

「それ、それッ！」

貫禄を示してどっしりと構えた留以が、気合諸共《もろとも》ぐっと間を詰めた。

これに対し、お咲は体を捌いて留以の間合を切った。

引き締まった体を躍動させる留以と、柔らかくしなやかな体を舞うようにして己が攻め時を計《はか》るお咲――。

柔と剛とのせめぎ合いがやや続いた後――、

「やあッ！」

仕合の決着を急ぐ留以が猛然と打って出た。押し切るようにお咲の体の中心を割って打った面である。

「むッ」

と、お咲はこれを竹刀で受け止めたが、留以はそのままの勢いで鍔迫り合いから体当たりに持ち込まんとした。

男にも当たり負けのせぬ留以にかかっては、技の切れはよくとも娘らしく華奢《きやしや》な体つきのお咲はたちまち体勢を崩され、そこをまた留以に攻め込まれるに違いない。

日頃の留以を知る者は、一瞬の間にそう思ったことであろう。

だが、お咲は少しも慌てず、柳に風のごとくこれを受け流し、左足を斜めに引くと体を左へ入れ替え、留以の体当たりをかわした。

体勢が崩れたのは留以の方であった。

お咲にかわされ、やや前のめりとなった。

しかし、留以も稽古は積んでいる。さっと右に体を向けて中段に竹刀を構え直した。

「やあッ！」

お咲はしなやかに手首を利かせて、その竹刀を巻き込むようにして上から叩いた。

「おおッ……」

道場内にどよめきが起こった。

勢いよく撓《たわ》んだお咲の竹刀による打撃に堪えかねて、不覚にも、留以が己が竹刀を取り落としたのである。

「なんと……」

留以は慌てて竹刀を拾い上げると、再び中段に構えて対峙《たいじ》したが、心の内は激しく動揺していた。

その間、お咲はしっかりと間合を空けて、留以が構え直すのを待っていた。

面鉄《めんがね》の間から見えるお咲の顔には、駆けっこをしていて転んだ子が立ち上がるのを待つような、童女のようなあどけなさがあった。

——この相手に勝ちたい。

留以は竹刀を落とした恥辱《ちじょく》に逆上した。

おのれ町人の娘め、剣の道は子供の遊びではない。生きるか死ぬかのせめぎ合いなのだ。今こそ思い知らせてくれん——。

そんな想いが留以を残忍にさえしていた。

「ええいッ！」

劣勢を挽回《ばんかい》するかのごとく、留以は諸手《もろて》で突きを繰り出した。防具を着けているとはいえ、相手の喉を竹刀で突くのだ。女相手には危険な技である。

だが、それをためらいなく繰り出せることが、女を捨て男相手に修錬を積んできた留以の真骨頂《しんこっちょう》である。

それでもお咲は動じることなく、流麗な足捌きで舞うように下がりつつかわした。

「えいッ！　えいッ！」

逃がすものかと留以はなおも突く。

お咲は右へ左へと回り込んでなおもかわす。

三度突き入れた後、留以の技が一瞬尽きた——。

「えいッ！」

お咲が飛び下がりながら打った引き面が、心地よい打突の音を響かせて見事に留以の脳天を捉えた。

手首を返して瞬時に打った鮮やかな一撃であった。

「勝負あり!」

並木作右衛門はその場でお咲の勝利を宣告した。あと一本残っていたが、竹刀を落とし、ことごとく打つ手を見切られている留以に勝ち目はないと判断したのだ。

お咲は深々と一礼して竹刀を納めた。

秋月栄三郎は松田新兵衛と顔を見合って、満面の笑みを浮かべた。

少し前の、南町与力・鮫島文蔵の養嗣子《ようしし》・千吉に続く完勝に、

——子供の次は女剣士か。これはよい。

愉快なことこの上なかった。

「留以、控えよ……」

信じられぬ表情で立ち竦む留以を、並木雄之助が窘めた。

しかし、雄之助の表情は実に晴れ晴れとしていた。

「お咲殿、真にお見事でござった。秋月先生と松田先生と共に、まずは奥の一間へお通りくだされ。今の仕合についての御高説を承《うけたまわ》りとうござる」

「わたくしが……？　何のお話を……？」

雄之助に丁重なる言葉をかけられ、お咲は目を丸くしたが、

「留以に教えてやってくだされ、剣術を学ぶ心得を……。留以、ついて参れ……」

雄之助は有無《うむ》を言わさぬ勢いでこれを願い、留以を促《うなが》した。

「兄上……」

留以は恨めしそうに兄の顔を見た。

雄之助にはわかる。たかが町人の娘と侮《あなど》っていた相手に為《な》す術《すべ》もなく敗れた自分を、さらに辱《はずかし》めるのか――。高説など聞きたくもないと留以は言いたいのであろう。

「不心得者め！　ついて参れと申すに……！」

だが、日頃優しき兄は容赦ない一喝を留以に浴びせた。

「ははッ……！」

雄之助の道場に響き渡るその一声で、留以は夢から覚めたように慌ててその場に平伏したのであった。

六

「留以、お前がお咲殿に為す術もなく負けるであろうことは初めからわかっていた……」

奥の書院に入ると、雄之助の口調はいつもの優しげなものに戻っていた。

彼の隣《となり》には留以がうなだれて座っていて、前には秋月栄三郎、松田新兵衛と並んでお咲が稽古着姿のままで恥ずかしそうにもじもじとしていた。部屋の隅《すみ》には又平がにこにことして控えている。

今はただ、留以は雄之助の話に耳を傾けるばかりである。

「お前がお咲殿に仕合を申し込んだ時は、さぞかし気楽流の両先生も驚かれたことであろう。どう考えてもお前に勝ち目はなかったからだ」

「いやいや、勝負は時の運、何が起きるかわからぬと案じておりました……」

栄三郎が恐縮の体で応えた。

それはおれが言ったことではないかと、新兵衛は栄三郎を軽く睨んだ。

「畏れ入りまする……」

雄之助は栄三郎の気休めをありがたく受けて、

「だが、お咲殿に仕合を申し入れたことは、お前にとっては何よりもよい稽古を得ることとなったのだ」

留以に意義あることだと言った。

「剣に対する想いは、お前とてお咲殿に引けはとるまい。だが、その想いが大きくなり過ぎて、お前の体を縛りつけ、かえって上達を遅らせたのだ」

「想いが……、大きくなり過ぎて、わたくしの体を縛りつけた……」

留以は首を傾げた。

雄之助は何か言おうとして言葉が出ず、

「先生方は某の申すことをおわかりになられましょう」

と、栄三郎と新兵衛に助言を求めた。

「申されようとしていることはようわかりまする……。さりながら何と申せばよいのか、この松田新兵衛にも言葉が出ぬ……。栄三郎、おぬしが教えてさしあげよ」

新兵衛はすかさず栄三郎にこれを託した。

この男にはその場で答えられぬ事柄はないのだと言わんばかりに——。

——人を説経坊主のように吐《ぬ》かしよって。

栄三郎は苦笑いを禁じえなかったが、勝利したものの、どうもいたたまれない様子でいるお咲のためにも、ここは答えを出さねばなるまい。

「難しいことはよろしかろう……」

栄三郎はいつもの、人をほっと和ませる笑顔を留以に向けた。

「留以殿、女子のままで剣をとられよ。それが上達の近道でござる」

「女子のまま……、と申されますと……」

留以は食い入るように栄三郎を見た。

「お咲、お前は親父《おやじ》殿に剣術を習うにあたって何と言われている」

栄三郎はまずお咲に訊《たず》ねた。

「はい。一旦、剣術を習うと決めたのならば、金持ちの道楽と人の謗《そし》りを受けぬよう、身を捨てる覚悟で励みなさい。そして、稽古を終えた時は田辺屋の娘として、あくまでも町人の女であるように……。そう言われました」

お咲は神妙に答えた。

栄三郎は何度も相槌を打って、

「お咲の父親は商人で、剣術には縁のない人でござるが、百人からの奉公人を抱えるだけのことはあって、ことの真理をよくわかっておられる。つまり、女は女として生きるのが何よりであるということなのでござるよ」

「女は、女として生きる……」

なおも小首を傾げる留以に、

「女は女としてしか生きられぬ……。当たり前のことでござる。男に負けぬという気持ちを抱いたところでもう男に負けている……」

栄三郎は続けた。

「お咲、日頃稽古で気をつけていることは？」

「はい、わたしには殿御のような力がござりませぬゆえ、足捌きでうまくかわして柔らかな体のしなりを使って打つように心がけております」

「男と相対する時は怖いか」

「それはもう怖《こお》うございます」

「体当たりや突き技はどうだ」

「もらえばわたしなどひとたまりもございません……。ですから、とにかくかわす術を磨《みが》くしかございません」

「受けて立とうとは思わぬか」

「思いませぬ。隙《すき》があれば突き技は出そうと思いますが、相手の隙を引き寄せるにはかわすが何より……」

「女の身だからこそできることを究めようというのだな」

「はい……。女は女……。殿御のようにはなれませぬ」

「それゆえ、女にしかできぬ身のこなしを究める方が上達は早い……。そうだな」

「ほッ、ほッ、秋月先生にいつもそう教わっておりますから……」

にこやかに答えるお咲を見て、

「留以殿、つまり男に成り切れぬあなたは、お咲にとって何より戦いやすい相手であったということでござる」

栄三郎は静かに言った。

「留以殿、あなたは美しゅうて性根《しようね》の据わった素晴らしい娘御でござる。女を捨てられますな。もったいのうござるぞ……」

留以は、はっとして顔を上げた。

「うむ、真に左様じゃ！　留以、秋月先生の仰《おつしや》る通りだ。もったいないぞ！」

その刹那、雄之助が笑いながら声をあげた。

「留以、父上はお亡くなりになる少し前に、お前に申し伝えておきたいことがある……、そう仰せになられたまま語らず仕舞いにこの世を去られた……。それはお前に剣の極意を授けようとしたのではなく、お前をかわいがり過ぎたゆえに、娘を息子にしてしまったことを詫びたかったのではなかろうか……。兄はそう思うのだ」

「兄上……」

留以はこみあげる想いを止められず、しばし言葉を失った。自分より強い女がいることは許されない――そもそもその気持ちこそ、自分が女であることを認めていたのではないか。

父・白雲斎は自分のことを溺愛《できあい》していた。その溺愛が絶対的な剣術師範であった父の信念を少しばかり狂わせ、歪《ゆが》んだ娘に育ててしまったのであろう。

死ぬ間際にそのことに気付いた父は、実に人間味に溢《あふ》れる人であったのだ。

今まで亡父に覚えたことのなかったおかしみが、ありがたさと共に留以の体を駆け巡った。

「今日は好き日だ……」

雄之助の表情はますます晴れていく。

「留以の新たなる剣の修行が始まったのだ。これ、留以、方々に御礼を申し上げぬか」

促されて、留以は涙が伝う顔に晴れ晴れとした笑みを湛えて、

「本日は御教授賜りまして、真に忝《かたじけの》う存じまする……。お咲殿、無礼に思われたならどうぞお許しくださりませ。また、お稽古にてお手合わせ願えたならば嬉しゅうござりまする……」

と、その場に手をついた。

お咲はちらりと栄三郎を見て許しを得ると、

「こちらこそ、どうぞよしなにお願い申します……」

自らも手をついた。

頭を下げ合う二人の女剣士の艶やかさが、飾りけのない一間の内に、一足早い春を呼び込んだ――。

七

お咲が見事な初勝利を収めた数日後のこと。

内心気になりながらも、お咲から勝利を報された時も、

「そうかい。それはご苦労だったね……」

などと素《そ》っ気《け》なく返した田辺屋宗右衛門は暮れに向かう忙しさも何のその、秋月栄

三郎、松田新兵衛、又平を招いて昼間に宴《うたげ》を催《もよお》した。

場所はこのところ宗右衛門が贔屓《ひいき》にしている、本材木《ほんざいもく》町四丁目にある〝十二屋《じゅうにや》〟という料理屋であった。

すぐ近くに〝三四《さんし》の番屋《ばんや》〟があるゆえにこの名がついたそうだが、今日は鴨《かも》の好いのが入ったという。

田辺屋ともなれば、店の賄《まかな》いの腕もなかなかのもので、奥の座敷で一杯やればよいものだが、店では親馬鹿ぶりを見せにくい。

鴨肉に焼豆腐、白菜、葱《ねぎ》、椎茸《しいたけ》を加えた鴨鍋に舌鼓《したつづみ》を打ちながら、宗右衛門はお咲の活躍ぶりを聞いて上機嫌であった。

お咲の武勇伝は、もっぱら又平が講釈師のごとく調子好く語った。

しかし、相変わらず新兵衛は慎重な姿勢を崩さずに、お咲の成長を喜ぶ宗右衛門に相槌を打ちつつも、これから女剣士として成長していくお咲をこのままにしておいて好いのだろうかと気遣った。

新兵衛のそんな心がわからぬ宗右衛門ではない。

「両先生、お咲の思うようにさせてやりたいと、剣術のお稽古を始めることを許したのはこのわたしでございます。娘をよろしくお願いしますと頭を下げた限り、あれがたとえ真剣勝負で命を落としたとて本望《ほんもう》なのでございますよ……。今はただ、女の身ながらお咲に心底打ち込めるものが出来たことが嬉《うれ》しゅうございます」

宗右衛門は、暗に松田新兵衛の妻になれずとも、恋しい人と剣で繋《つな》がっている限り娘は幸せなのだという想いを込めて言ったものである。

こう言われては新兵衛も、敢《あ》えて余計なことを気遣い、座をしらけさせることはないと、節度を保ち娘の仕合を見ようとしなかった宗右衛門に、お咲の上達ぶりを称えたのだ。

席上、栄三郎はというと、いつになく口数が少なく、話は又平に任せて時折しみじみと物思いに耽《ふけ》る様子が見られた。

新兵衛は、何かを企《たくら》む時の栄三郎の動きには敏《さと》い。

――何かある。

と思っていると、鴨鍋に仕上げのうどんが入れられた。大食漢の宗右衛門はこれを何杯も平らげて、

「ああ、楽しゅうございました。また近々、今度は夜通し飲みたいものですが、今日のところはこれにてお開きとさせて頂きまして、少しだけこの後ご足労を願います……」

あっさりと長居をせずに店を出ると、三人を連れて楓《もみじ》川沿いを南へ、ふくよかな体を揺らすように歩き出した。

皆に見せたい所があるというのだ。

「まずご覧くださりたく存じます……」

目指す所はそこから近かった。

南へ進んで越中殿《えっちゅうどの》橋を通り過ぎ、少し歩いた所を右へ曲がってすぐに、新築なったばかりの武家屋敷風の建物があった。

「ここでございます……」

宗右衛門はにこりと笑って、芳《かんば》しい木の香に包まれた木戸門を潜《くぐ》って中へと入って行った。

「これは……」

新兵衛が嘆息した。それを見て、栄三郎がしみじみとした表情となって頷いた。

そこは剣術道場であった。

木戸門を潜ると僅《わず》かばかりの庭があり、階《きざはし》を上がったところが出入口である。やや間口の狭い建物は庭によって奥へと続き、その向こうに母屋《おもや》が覗く。

稽古場に上がってみると、中は三十坪ばかりの大きさで正面に見所、左の壁には地窓があり、右は板戸になっていて、これを開けると縁《えん》となり庭へと続く——。

そこは七年前に畳《たた》まれた、本所番場町・岸裏伝兵衛道場そのままの造りであった。

「田辺屋殿、これをいったいどうなさるおつもりにて……」

新兵衛は唸るような声で宗右衛門に問うた。

「さてそれはこれからのことにござります」

「これからのこと……」

「はい、道楽が高じてこのようなものを建ててしまいました。どうか、この稽古場をどのように活《い》かすか、お知恵をお授けくださいませ……」

宗右衛門は淡々とした口調で願った。

「畏まった。新兵衛と二人で考えさせてもらいましょう」

栄三郎が応えた。

「何卒よしなに……」

宗右衛門はそう言って頭を下げると、そそくさと新築の剣術道場を後にした。栄三郎に目でこなされ、又平が宗右衛門の供をした。

「栄三郎、おぬし企んだな」

新兵衛は、宗右衛門が去るや栄三郎に迫った。

「金持ちの道楽に付き合ったのだよ……」

栄三郎は料理屋ではあまり見せなかった、いつものニヤリとした笑顔を新兵衛に向けた。

「道楽とはいえ剣術道場一軒だぞ」

「田辺屋殿にすればいかほどのものでもない」

「ここに岸裏道場を再び開くというのか」

「ああ、以前から申していたではないか。先生には落ち着いてもらいたいと……」

栄三郎は師・岸裏伝兵衛に、そろそろ廻国修行の日数を減らして江戸へ落ち着いてもらうべく、本所源光寺のかつて栄三郎が寄宿していた僧坊を借り受け江戸の住まいとすることを得た。

そして次に岸裏道場の復活を望んでいた。

いまだ修行中――伝兵衛がそう言えば新兵衛もこれに追随する。いったいいつまで修行をしていれば気が済むのだと栄三郎は思うのだ。

この一流の剣客二人を何としても落ち着かせたい。だが、伝兵衛の腰は重いどころか軽すぎてすぐに旅へ出てしまう。

「今年ももうすぐ暮れる。岸裏先生は間もなく旅から帰ってこられる。その時にこれをお見せして、おれは先生に迫るつもりだ」

「先生もこれを見せられれば嫌とは申されまいな……。だが栄三郎、おぬしはとんでもないことをしてのけるな」

「物事は、時に力で捻《ね》じ伏せねば前に進まぬことがある……。岸裏先生のお言葉だ。おれは力がないゆえ頭を使う」

「なるほど……」

「で、新兵衛、お前にも嫌とは言わせぬぞ」

「ここの師範代になるということか」

「そうだ。そして、この岸裏道場にお咲は預かってもらう」

「お咲を……。待て、どういうつもりだ」

「どうもこうもない。お咲はいよいよ剣術界において、女武芸者としての第一歩を踏み出したのだ。もはや男の門人の中に交じったとて稽古ができる身となった。手習い道場では面倒を見切れぬ」

「おい、栄三郎……」

「岸裏先生に教えて頂くか、師範代の新兵衛に教えてもらうか、それがお咲の身のためだ。おれはたまさかには岸裏道場へ稽古に来て、共に汗を流そう」

「待て、お咲を育てたのはおぬしだぞ。おぬしこそ剣客として評されるべきだ」

「そんなことはおれに無用のことだ。おれはお咲を教えるようになってから、気がつけば永井様の御屋敷への出稽古を引き受け、何やら一端《いっぱし》の剣術指南を気取るようになってしまった」

「よいことではないか。秋月栄三郎の値打ちをおれはよく知っているつもりだ」

「そう言ってくれる新兵衛の想いは涙が出るほどありがたい。だがな、おれは決めたのだ。おれの剣は町場の物好きに手ほどきをして、人助けのために揮《ふる》いたいとな。おれはいつしかそのことを忘れて、わかったようなことを言う男になっていたような気がする。新兵衛、岸裏道場はおれたち門人の心の拠《よりどころ》だ。頼んだぞ……。頼まれてくれねばお前とは絶交する」

それは長年刎頸《ふんけい》の交わりを結んできた秋月栄三郎が見せる、初めての激情であった。

「絶交する……」

その言葉は何度となく新兵衛が栄三郎に放ったものだが、栄三郎から言ったことはなかったような気がする。

田辺屋宗右衛門が建てた道場に入るのはお咲の手前気が引けたが、道場主が岸裏伝兵衛ならば、それは師と田辺屋との間の話である。師が廻国修行に出た後、自分もまたこれに倣《なら》い武者修行を続けてきた新兵衛であったが、七年たった今、もう一度師の許で修行をしてみたいと心の内で思っていた。そこを見事に栄三郎に衝《つ》かれた――。

「栄三郎、おぬしには負けた。岸裏先生がこの稽古場にお戻りになるならば、おぬしの言う通りに致そう」

新兵衛はしっかりと頷いてみせた。

「ありがたい……」

栄三郎は頭を下げた。

「だが、ひとつだけおぬしも誓え。永井様の出稽古だけは続けると……」

「新兵衛……」

栄三郎は嘆息した。

「おぬしと萩江殿の間には、このおれとてはかり知れぬ絆《きずな》があるように見受けられる」

「新兵衛、それは違う……」

「これはおれの胸の内にあって、おぬしだけに申すことだ。深くは問わぬ。だが、萩江殿が人に言えぬ苦労をしてきたことだけは朧《おぼろ》げにわかる。あの人は、おぬしに武芸を教わることで日々明るく元気になっていると聞く。栄三郎、それは誇れることだ。それはお前にしかできぬ指南なのだ。あの人から逃げるな。よいな……」

萩江にいくら想いを寄せたとてこの先どうなるものでもない――。切な過ぎる恋情から、栄三郎は逃げようとしていた。

取次屋栄三として生きることこそがやはり己の生きる道と、お咲を岸裏道場に託した後は、剣術指南役から身を退《ひ》こうかと思っていた栄三郎の心の内をそれとなく察し、あの武骨者の新兵衛が引き留めた。

いや、武骨者ゆえ友の心の変調には誰よりも気がつくのであろう。

苦笑いを浮かべた後、栄三郎は新兵衛にしっかりと頷き返した。

互いに嬉しいような、困ったような――。

複雑な想いで二人はかつての岸裏道場そっくりの稽古場を見回した。

たちまち彼らの脳裏に、汗みずくとなって竹刀を振るい、床板を踏みしめ、掛け声を響かせた、若きあの日の姿が蘇った。

過去と未来を往き来する――男とは真に厄介なものだとおかしみを噛み締め、剣友たちは窓から射《さ》し込む冬の夕日に染められて、しばしその場に佇んでいた。

一〇〇字書評

切り取り線

購買動機（新聞、雑誌名を記入するか、あるいは○をつけてください）

□（　　　　　　　　　　　　　　　　）の広告を見て
□（　　　　　　　　　　　　　　　　）の書評を見て
□ 知人のすすめで　　□ タイトルに惹かれて
□ カバーが良かったから　　□ 内容が面白そうだから
□ 好きな作家だから　　□ 好きな分野の本だから

・最近、最も感銘を受けた作品名をお書き下さい

・あなたのお好きな作家名をお書き下さい

・その他、ご要望がありましたらお書き下さい

住所	〒				
氏名		職業		年齢	
Eメール	※ 携帯には配信できません		新刊情報等のメール配信を 希望する・しない		

この本の感想を、編集部までお寄せいただけたらありがたく存じます。今後の企画の参考にさせていただきます。Eメールでも結構です。

いただいた「一〇〇字書評」は、新聞・雑誌等に紹介させていただくことがあります。その場合はお礼として特製図書カードを差し上げます。

前ページの原稿用紙に書評をお書きの上、切り取り、左記までお送り下さい。宛先の住所は不要です。

なお、ご記入いただいたお名前、ご住所等は、書評紹介の事前了解、謝礼のお届けのためだけに利用し、そのほかの目的のために利用することはありません。

〒一〇一-八七〇一
祥伝社文庫編集長　坂口芳和
電話　〇三（三二六五）二〇八〇

祥伝社ホームページの「ブックレビュー」からも、書き込めます。
http://www.shodensha.co.jp/bookreview/

祥伝社文庫

情《なさ》けの糸《いと》　取次屋栄三《とりつぎやえいざ》

平成25年9月5日　初版第1刷発行

著　者　岡本《おかもと》さとる
発行者　竹内和芳
発行所　祥伝社《しょうでんしゃ》
東京都千代田区神田神保町3-3
〒101-8701
電話　03（3265）2081（販売部）
電話　03（3265）2080（編集部）
電話　03（3265）3622（業務部）
http://www.shodensha.co.jp/

印刷所　錦明印刷
製本所　ナショナル製本
カバーフォーマットデザイン　中原達治

Printed in Japan ©2013, Satoru Okamoto ISBN978-4-396-33875-6 C0193

祥伝社文庫の好評既刊

岡本さとる
浮かぶ瀬
取次屋栄三⑦
神様も頬ゆるめる人たらし。栄三の笑顔が縁をつなぐ！　取次屋の心にくい〝仕掛け〟に不良少年が選んだ道とは？
岡本さとる
海より深し
取次屋栄三⑧
「キミなら三回は泣くよと薦められ、それ以上、うるうるしてしまいました」女子アナ中野さん、栄三に惚れる！

岡本さとる
大山まいり
取次屋栄三⑨
ほろっと来て、笑える！　極上の人生劇場。涙と笑いは紙一重。栄三が魅せる〝取次〟の極意！

岡本さとる
一番手柄
取次屋栄三⑩
どうせなら、楽しみ見つけて生きなはれ。じんと来て、泣ける！〈取次屋〉誕生秘話を描く初の長編作品！

辻堂　魁
風の市兵衛
さすらいの渡り用人、唐木市兵衛。心中事件に隠されていた奸計とは？　〝風の剣〟を振るう市兵衛に瞠目！

辻堂　魁
雷神
風の市兵衛②
豪商と名門大名の陰謀で、窮地に陥った内藤新宿の老舗。そこに現れたのは〝算盤侍〟の唐木市兵衛だった。

祥伝社文庫の好評既刊

辻堂 魁
帰り船 風の市兵衛③
またたく間に第三弾！「深い読み心地をあたえてくれる絆のドラマ」と小椰治宣氏絶賛の〝算盤侍〟の活躍譚！

辻堂 魁
月夜行 風の市兵衛④
狙われた姫君を護れ！ 潜伏先の等々力・満願寺に殺到する刺客たち。市兵衛は、風の剣を振るい敵を蹴散らす！

辻堂 魁
天空の鷹《たか》 風の市兵衛⑤
まさに時代が求めたヒーローと、末國善己氏も絶賛！ 息子を奪われた老侍とともに市兵衛が戦いを挑むのは⁉

辻堂 魁
風立ちぬ（上） 風の市兵衛⑥
〝家庭教師〟になった市兵衛に迫る二つの影とは？〈風の剣〉を目指した過去も明かされる興奮の上下巻！

辻堂 魁
風立ちぬ（下） 風の市兵衛⑦
まさに鳥肌の読み応え。これを読まずに何を読む⁉ 江戸を阿鼻叫喚の地獄に変えた一味を追い、市兵衛が奔る！

辻堂 魁
五分の魂 風の市兵衛⑧
人を討たず、罪を断つ。その剣の名は――〝風〟。金が人を狂わせる時代を、〈算盤侍〉市兵衛が奔る！

祥伝社文庫の好評既刊

辻堂 魁
風塵（上） 風の市兵衛⑨
時を越え、えぞ地から迫りくる復讐の火群。〈算盤侍〉唐木市兵衛が大名家の用心棒に!?

辻堂 魁
風塵（下） 風の市兵衛⑩
わが一分を果たすのみ。市兵衛、火中に立つ！ えぞ地で絡み合った運命の糸は解けるか？

野口 卓
軍鶏侍《しやもざむらい》
闘鶏の美しさに魅入られた隠居剣士が、藩の政争に巻き込まれる。流麗な筆致で武士の哀切を描く。

野口 卓
獺祭《だっさい》 軍鶏侍②
細谷正充氏、驚嘆！ 侍として峻烈に生き、剣の師として弟子たちの成長に悩み、温かく見守る姿を描いた傑作。

野口 卓
猫の椀
縄田一男氏賞賛。「短編作家・野口卓の腕前もまた、嬉しくなるほど極上なのだ」江戸に生きる人々を温かく描く短編集。

野口 卓
飛翔 軍鶏侍③
小椰治宣氏、感嘆！ 冒頭から読み心地抜群。師と弟子が互いに成長していく成長譚としての味わい深さ。

祥伝社文庫　今月の新刊